蛇衆

矢野　隆

集英社文庫

蛇衆

序

新たな火柱が上がった。

闇を照らす炎が全身を覆いつくすような錯覚を覚え、末崎弥五郎《すえざきやごろう》は大きく息を吸った。

業火に包まれる社《やしろ》に群がる数百の百姓達を、暗色の鎧《よろい》をまとった侍達が押し止《とど》めていた。

炎が巻き起こす轟音《ごうおん》と、群れつどう者どもの悲鳴が綯《な》い交《ま》ぜになり、心を揺さぶり続ける。静謐《せいひつ》な夜から隔離された地獄に、弥五郎は立っていた。

大きな梁《はり》が音をたてて崩れる。

「蛟《みずち》様」

ひときわ大きな女の声が聞こえた。

炎に包まれた社へ必死に駆け寄ろうとするのを、甲冑《かっちゅう》姿の侍達が威圧するように取り囲む。

「これほどの百姓。よくも集まったものよ」

弥五郎の隣、床几《しょうぎ》に座る男が言った。

鷲尾重意《わしおしげおき》。先年、父を亡くし、鷲尾家の当主となった若き主君は、冷淡な眼ざしで、燃える社を見つめている。

重意が、ゆっくりと視線を左右に向けた。

社の前方に、おびただしい数の槍《やり》が突き立てられ、その穂先に刺さった老若男女さまざまな首が、呪詛《じゅそ》を込めてこちらをにらんでいる。

「ここに巣くうておった巫女《みこ》の、時の行く末を見通す占いとやら、一度見てみたかったの」

「此奴等《こやつら》の申すには」

弥五郎は群がる百姓達を見ながら言った。

「巫女は占いなどせぬと」

「占わずして、どうやって行く末を見定めるのじゃ。芸としての体裁を整えておらねば、それは芸とに呼べぬ」

妄言じゃ。吐き捨てるような重意の声が、喧噪《けんそう》のなかにかき消えた。

「御幣《ごへい》も振らねば、祝詞《のりと》も上げず、ただ託宣だけを述べ、そのことごとくが的中いたすとのこと」

「たわけたことを」

「それでも、あやつらが信じておったのは確か」

悲嘆にくれ狂乱する群衆の姿が、社の主の力を無言のうちに証明しているように思えた。

「弥五郎様」

背後から聞こえた。

小さく振り向くと、男が立っている。

「首尾は？」

重意に悟られぬように、男は小さくうなずきこちらを見る。

「そうか」

社へ目を戻すと、背後の気配が消えた。

その時、社から五尺（約一五〇センチ）ほどの炎の塊が飛び出した。

「重意、鷲尾重意はいずこ」

炎が声を上げた。

「取り抑えろ」

弥五郎は突然の出来事に戸惑う兵に叫んだ。

その声に、我にかえった侍達が炎へ駆け寄る。

地面を転がり炎を消しながら、茶褐色の人影が重意へとせまる。

兵達が取り抑えた。

「猿か？」

両腕をつかまれながら引きずられる男を見て、重意がつぶやいた。

炎に焼けただれた身体《からだ》に衣服はなく、真っ黒に煤《すす》をまとった姿は、たしかに猿を思わせる。

「御主《おぬし》が鷲尾重意か」

闇のなかに白く光る瞳で重意をにらみながら、男が叫んだ。

「猿が喋《しゃべ》ったわ」

小馬鹿にした笑みを浮かべて、重意の目がこちらを見た。

「儂等《わしら》がいったい何をした」

怨念に満ちた声で男が叫んだ。

「此奴等をそそのかし、一揆《いっき》をたくらんでおったのであろう」

言いながら後方の群衆を指し示す。

「一揆？　一揆など。蛟様はただ、哀れな民に救いの手を差し伸べておられただけ」

男が必死に首をふる。

「救いの手だと？　ただの汚れ巫女風情になにができる。汝等《うぬら》をどうやって救うというのだ？」

　重意の口が無気味にゆがんだ。

「我等に刃《やいば》を向けようとしておったのであろう」

　弥五郎は二人に割って入ると男へせまった。

「ちがう。儂等はそのようなことを望んではおらなんだ」

　なおも燃え続ける社を男は見た。

「蛟様は不思議なお力を持っておられた。儂等には計り知れぬ力を」

「それで汝等のような者どもがつどって、よからぬ謀《はかりごと》をめぐらしておったということか？」

「儂等は蛟様のお力に付き従う者」

　重意が口を開いた。

「蛟の力とは何じゃ？」

「いまだ起こっておらぬことを知るお力。蛟様にしか見えぬ先のことを、お言葉にのせて儂等にお伝えくださる」

　思わず弥五郎が叫んだ。

「痴言《しれごと》を申すな」

「先年の大水を覚えておるな——

男の血走った目が弥五郎をにらむ。

「それがどうした？」

「あの時、もっとも人死にの少なかった村は？」

重意は黙ったまま二人の会話を聞いている。

「では、この夏の日照りじゃ。決まっただけの年貢を差し出せた村はどこだ？」

悲鳴を上げ続ける百姓達を見た。

「そうだ」

男の声が森を震わす。

「そこで泣き叫んでおる者達の村だ」

顎で百姓達を指し示した。

「託宣にしたがい、大きな災いから逃れることができた」

「まさか」

弥五郎は首をふる。

「お力を目《ま》の当りにしておらぬ者には解《わか》らぬ」

鴉羽《からすば》色に染まった顔が笑みにゆがみ、牙を剝《む》く獣のごとく咬《か》み付かんと重意にせまった。

重意みずから、男の顔を張る。

「殺せ」

命じる重意の声が冷たい。しかし、さきほどまでの余裕が感じられない。

「蛟様の最期の託宣を伝えるまでは死ねぬ」

制するように男が叫んだ。首を刎《は》ねようと刀を構えていた家臣を、重意が止めた。

弥五郎は背中に冷たいものを感じ、己の汗だと気付くまでに、わずかな時間を要した。

言い知れぬ不安が襲う。

「そのような者の世迷言《よまいごと》に、耳を貸してはなりませぬ」

「申せ」

弥五郎の言葉を無視し、男に告げる重意の顔が青ざめている。

「赤子がおろう?」

唐突な言葉に、重意は首をかしげる。

「重意、御主の赤子じゃ」

たしかに重意には生まれたばかりの子がいる。将来、鷲尾家の主《あるじ》となるはずのはじめての男児だった。

「そやつは蛇じゃ。人を喰《く》らう蛇じゃ。どこまでも冷たく、どこまでも執念ぶかい。漆黒の蛇」

「愚弄するか」

叫ぶと同時に弥五郎は刀を抜く。

「待て」

重意が止める。

「続けろ」

「その赤子は御主を呑《の》み喰らう蛇となる」

男が高らかに笑った。

弥五郎が見ると、重意は力なくうなずく。刀を振り上げ振り下ろした。

紅《あか》い軌跡を描きながら、首が宙を舞う。

群衆の叫びは頂点に達した。

「これ以上は危のうござります」

重意を見る。青ざめ、首のない骸《むくろ》を見つめる目はうつろである。

「百姓どもを追い払え」

このままでは逆上した百姓達が、重意達を襲いかねない。動揺している重意をそのままに、弥五郎は侍達に叫んだ。

兵達が群衆へと押し出した。兵達の喊声《かんせい》と、群衆の怒号がぶつかる。ろくな武器も持たぬ百姓達に、抵抗する手立てはない。

「殿？」

重意の顔がまるで死人のようだ。無理もない。鷲尾家の当主としてはじめての出陣だった。みずから下した決断によって引き起こされた、憎悪と殺意の奔流が、重意の身体を押し潰そうとしていた。

「弥五郎」

力なくつぶやく重意に、強くうなずいた。

「弥五郎、我が子を」

主の言葉を打ち消そうとするように、弥五郎は首をふった。

しかし重意は続ける。

「我が子を殺せ」

一

眼下にひろがる平原を、末崎弥五郎はながめていた。草花の芽吹くみずみずしい香りが春の訪れを告げていたが、吹きぬける風はまだ冷たい。

ふたつの巨大な獣を弥五郎は見ている。ゆっくりと蠢《うごめ》く漆黒の獣が、広大な緑の野で対峙《たいじ》している。

「黒部《くろべ》の田舎《いなか》侍もなかなかの数を集めてきたものよ」

背後より声がした。

小高い丘の上、栗毛《くりげ》の馬に跨《また》がった鎧武者《よろいむしや》が隣に並んだ。

「兼広《かねひろ》か」

鎧武者は、立派な髭《ひげ》をたくわえ武人然とした風貌で、弥五郎を見ている。その髭が白い。

二人の老武士が、眼下の軍勢を悠然と見下ろす。

「おたがい歳《とし》をとったものよ」

自嘲気味につぶやく兼広の声はしゃがれ、重い。

「どうした？」

長年の盟友の、らしくない物言いだった。

「重意様……いや、今は曦嶄《ぎざん》様であったな。曦嶄様に従《したご》うて、ずいぶん長き時を過ごしたものよと思うてな」

「うむ」

眼下の軍勢。大方の者が二人よりもはるかに若い。

「我等が御曹子《おんぞうし》のお守《も》りを言いつかることになろうとは」

巨大な群れのなかでひときわ派手な鎧に身を包んだ二人の武者を見た。

「弾正《だんじょう》殿、そして隆意《たかおき》殿。どちらも大きゅうなられた」

弥五郎がしみじみとつぶやく。

「御嫡男が亡くなってから何年経ったかの？」

炎に包まれる社を思い出した。

まだ重意と名乗っていたころの鷲尾曦嶄が、弥五郎に命じた言葉が頭にひびく。

『我が子を殺せ』

あれからもう三十年。

「あの時はどうなることかと思うたが、見てみよ」

眼下に見える二人を、兼広が指し示す。

「ようも立派にお育ちになられた」

兼広は微笑《ほほえ》んだ。

「弾正殿。そして隆意殿」

隆意の名を口にする兼広の声に、あきらかな昂揚《こうよう》を感じた。

「隆意殿をずいぶん気に掛けておるようだが、長子は弾正殿」

「解っておる。しかし、気弱な弾正殿よりも」

「おい」

友の顔をにらむ。

「陣中であるぞ」

気まずそうに兼広はうなずいた。

「しかし見よ。大竹《おおたけ》の兵の少なさはどうだ？」

「五百ほどと聞いておる」

「最初から我が軍をあてにしておったということか。黒部はどう見ても千を超えておる。鷲尾の加勢がなければ、大竹はとてもではないが防ぎようがない」

「小競り合いでも、いま大竹に敗れてもらっては困る」

兼広が言葉を継いだ。

「大竹が敗れれば、我妻《あがつま》と相対しておる鷲尾の背中はがら空きとなる。大竹には黒部を防ぐ壁として働いてもらわねばならん。殿も同様のお考えじゃ」

そのとおりだ。

「そして、大竹の援軍には二人の御子」

眼下の隆意へ、兼広の視線が向けられる。

「巘嶄様はこの戦《いくさ》で、次の当主をお決めになろうとしておるのではないか？」

「我等が考えても詮《せん》なきことじゃ」

弥五郎は弾正を見た。

すべては当主である巘嶄次第なのだ。

身体を乗り出し馬の首へ腕をあずけながら、兼広が戦場を注視する。

「始まるぞ」

法螺貝《ほらがい》の音が聞こえる。

弥五郎は兼広に気取《けど》られぬように小さく息を吸った。

大地は息苦しくなるほどの殺気で埋め尽くされていた。

戦場には日頃抑え込んでいる感情が渦巻いている。

恐怖、憤怒《ふんぬ》、そして殺意。

さまざまな思いが満ち溢《あふ》れる狂気の地に、六つの人影が悠然と立つ。

「動くぞ」

男がつぶやいた。

隣に立つ僧形の男がうなずく。

刹那《せつな》、遠くから法螺貝の音が聞こえてきた。

開戦の合図だ。

「おおおおお」

周囲の男達がいっせいに雄叫《おたけ》びを上げ、眼前の敵めがけて突き進んでいく。


「うむ」

弥五郎の目が大きく見開かれた。

丘の下、平野を埋め尽くしていた二つの塊がゆっくりと近付いていく。

「我が軍千に大竹五百。対する黒部は千二百。数で勝る我が方に分はある」

「見よ弥五郎。隆意殿の軍が押しておる」

鷲尾軍の左翼。隆意の軍が、黒部の前線を押しはじめている。

「大竹の芳野伝兵衛《よしのでんべえ》が中央を引き付けておる。その働きが大きい」

弥五郎の言葉に、兼広が不満を押し殺しながら戦場を見つめる。

突然、友の顔に驚愕《きょうがく》の色が浮かんだ。

「どうした？」

視線の先を見る。

「伝兵衛の軍が」

二人の顔が凍り付いた。


「行くぞ」

男の言葉とともに、六つの影が動いた。

異様な光景を最初に目の当りにしたのは、前線で槍をまじえる大竹軍の足軽達であった。

「ひゃっほう」

陽気な雄叫びを上げながら天空より舞い降りた人影。手より伸びる棒の先端に光るものを見た瞬間、足軽の首が飛んだ。

影の持っているのは黒色の槍。

普通の槍ではない。

棒の両端に刃を付けた奇怪な槍を素早く回転させながら、影が周囲の敵を薙《な》ぎ倒していく。

影の主は一人の若者。男と呼ぶにはあまりにも若い。

槍は止まることを知らず、敵はみるみるうちに命の炎をかき消されていく。

兵達の動揺など気にも止めず、若者は槍を振り回す。

間合いに入った敵のことごとくを切り裂き、敵陣を疾走する。

突進を阻むように足軽の一人が槍を突き出した。

襲い来る槍へ飛び乗ると、身軽にそれを渡り、兵の頭を貫いた。

すさまじい速度で回転する槍は、球体の刃物のごとく、触れる物すべてを寸断していく。

空を斬り裂く度、風が哭《な》いた。

まだ幼さの残る顔には笑みが浮かび、楽しげに戦場を遊ぶ一人の若者。

槍の巻き起こす風に兵達の血が舞い、赤い竜巻が戦場に吹き荒れた。中心で荒れ狂う若き荒武者の姿に、周囲の兵達の心は恐怖に支配されはじめている。

次の瞬間。

あらたな影が、竜巻よりわずかに深く大竹の軍に突入した。

手ににぎられている野太い太刀《たち》が妖しく光った。切っ先が大竹の兵へと向けられている。

敵に囲まれたあらたな影が、眼前の足軽をにらんだ。

「お、女？」

影の中に見た美しき顔に、一瞬そこが戦場であることを忘れた男が、最初の太刀の餌《え》食《じき》となった。

女は、己の背丈ほどもあろうかという長大な太刀を、舞いを踊るような流麗な動きで振り回し、つぎつぎと敵の首を飛ばしていく。

兵達の首から噴き上がる血潮が女の足下を濡《ぬ》らす。

敵の血に染まった顔が透きとおるように白い。

おびただしい数の骸を舞台に、女は狂気に踊る。

銀色の舞いに巻き込まれた男達の赤き血潮で、女の足下に血の河が生まれる。

直紅《ひたくれない》の血の河に女は舞い踊る。

若者の作った死の竜巻。

女が生んだ血の大河。

そのまた奥へもう一つ、影が駆けていく。

顔を頭巾で覆った影は、化け物じみた敏捷《びんしょう》さで、陣中深く切り込むと、左右の腕をすさまじい速度で動かしはじめた。

男の手のむかう先に位置する兵が、つぎつぎと倒れていく。

「どうしたっ」

倒れた仲間を抱き起こそうとした足軽が、仲間の首に突き立つ銀色の刃を見た瞬間、額にするどい痛みを感じ意識を断たれた。

無数の小さな刃が的確に敵の急所めがけて繰り出されている。

男の全身が光っている。

光の正体は、全身に差し込まれた無数の小さな刃であった。

刃を素早く引き抜くと眼前の敵に投げ、次の瞬間にはもうべつの刃をにぎっている。

頭巾の男より放たれる無数の刃が、輝きながら兵達の身体へ吸い込まれていく。

およそ人とは思えぬ素早さで敵陣を駆ける影。

男の軌道には無数の光がほとばしり、敵の叫びを巻き起こしていく。

まるで死をよぶ禍々《まがまが》しき雨。

打たれた者の命を奪う凶刃の雨が戦場に降り注ぐ。

「おおぉぉぉぉっ」

死の竜巻、そして血の大河。そのさきで荒れ狂う銀色の雨を駆け抜け、大きな怒号を上げながら、戦場でも頭一つ飛び抜けた巨体が、頭巾の男のさらに奥へと突っ込んだ。

僧形の男である。

男の巨大な手には、常人には持ち上げることすら不可能なほど太い金棒がにぎられている。六角の金棒のそれぞれの面には、太い棘がいくつもあり、地獄の鬼が持つそれのようである。

丸太のように鍛え上げられた腕で金棒をふるいながら、僧形の男は一直線に切り開かれた敵陣を、さらに押し広げるように駆けて行く。

「どけぇい」

目の前の出来事に騒然となる大竹の兵達の心を、一層ゆさぶる大音声《だいおんじょう》の雄叫び。

全身に恐怖をにじませ、後ずさろうとした瞬間、兵達の頭蓋が粉々に吹き飛ばされていく。

かわいた木を叩《たた》くような音をたて、骸が空中にはね上げられる。

男の頭上に舞う無数の肉塊。

人の形をとどめぬ赤い塊を総身に浴びながら、なおも突き進む。

「止めろっ。そ奴を止めろ」

足軽大将らしき男が、おびえる兵達に叫ぶ。

十人ほどの足軽達が奮起し、僧形の男めがけて身体ごと突っ込んだ。

兵達は巨体にしがみつき、全身で突進を阻もうとしている。

決死の覚悟で飛びついた仲間の後に続いて、周囲の足軽達も飛びかかった。

みるみるうちに男の姿が敵の中に消えた。

「邪魔だ」

足軽の塊の中心で、男がつぶやいた。

つぎの瞬間、火薬が爆発したかのように、足軽達が宙を舞った。

散り散りに舞う足軽達の中心で、金棒を振り上げ立つ巨大な影。

まさに鬼。

死の豪雨が降りそそぎ、絶望の竜巻が吹き荒れる血の河に、一匹の鬼神が憤怒の形相で屹立《きつりつ》する。

「何をしておる。押せ。押せぃ」

さきほどの足軽大将が、おそれおののく兵達を焚《た》きつける。

「ごちゃごちゃうるせぇんだよ」

黒部の軍勢のなか、頭に鉢金《はちがね》を巻いた一人の男がつぶやいた。

「行け。いっ」

大将の身体が後方に倒れた。

「直江《なおえ》様ぁ」

足軽が駆け寄る。

足軽大将の首に、矢が突き立っている。

「いったいどこから？」

兵達があたりを見まわす。矢が飛んで来るほど、敵陣に接している場所ではない。陣中深く大きな溝ができてはいるものの、矢が飛んで来るような距離ではないのだ。よしんば、すさまじい飛距離を発揮する強弓《ごうきゆう》によって矢を放ったとしても、敵の首をこれほど正確に射抜くことなどできはしない。

「何をしておるっ」

足軽大将が討ち死にし、一層動揺する兵達を引き締めようと、さきほどの大将よりもきらびやかな甲冑に身をつつんだ男が、馬上より兵達を怒鳴りつける。

「次はお前だ」

矢をつがえながらさきほどの鉢金の男がつぶやいた。

弓は奇妙な形をしていた。

通常の半分ほどの長さしかない短い弓。それは、海を隔てた大陸の男達が使うものに似ていた。

音をたててしなる弓。表面には薄い鉄板が張られている。

身体に不釣り合いなほど盛り上がった両腕で、男は弓を平然と引く。

弓弦《ゆんづる》が弾《はじ》かれた。

甲高い音が大竹の陣中めがけて一直線に飛んでいく。

馬上で叫んでいた男の身体が後方へ弾かれ、地上へ倒れ込むと動かなくなった。

「辺見《へんみ》様」

　おそるおそる足軽の一人が近付くと、鎧の隙間を縫うように、さきほどの侍とおなじ場所に矢が突き立っていた。

「ひぁあっ」

　兵達のおそれは頂点に達していた。目前にせまりつつある四つの影。混乱の戦場にとどろく雷のごとき矢。大竹一の猛将と呼ばれた芳野伝兵衛の軍が混乱をきたしている。

「えぇいっ、ひるむな。相手はたった四人ではないか。押せ。皆で押し潰すのじゃ」

　芳野伝兵衛が痺《しび》れを切らし飛び出してきた。

「出て来たぜ」

　弓をもてあそびながら鉢金の男が、隣に立つ男へ言った。

　男は黙ったままうなずくと、左右の拳をゆっくりとにぎり締めた。手には槍も刀も、弓さえもない。手甲《てっこう》に包まれた拳は、ただにぎられているだけ。わずかばかりの鎧具足は、身を守るよりも動きやすさを重視した心もとない物である。

　男は、敵陣めがけて飛び出した。

　戦場を一直線に走り抜ける姿は、一匹の黒蛇を思わせた。

　男が速度を上げた。

　必死に怒鳴っている伝兵衛の姿が見えた。

槍を持つ若者の横を通り過ぎる。

「出番かい？」

若者の言葉に答えず走る。

女を越える。

「道は作ったよ」

小さくうなずいた。

頭巾の男は無言のまま一度視線をこちらに送っただけ。

「しくじるなよ」

鬼の声を背中に聞く。

四人はなおも伝兵衛の軍をかき乱している。

深く刻まれた溝に、黒部の兵が侵食していく。

伝兵衛の軍勢が二つに割れた。

男と伝兵衛との距離がぐんぐんと狭まっていく。

黒い衣服につつまれた男の身体。無造作に束ねられた長髪の間からのぞく朧《おぼおぼし》い眼《め》が伝兵衛を見た。

「何奴《なにやつ》」

伝兵衛を守ろうと、家臣の一人が槍を突き出した。

男は宙を舞った。

槍を飛び越え、家臣の顔に足が伸びる。

にぶい音をたて家臣の顔がはじける。

兵達がいっせいに男めがけて襲いかかった。

伝兵衛は信じられぬ光景を目の当りにした。

武器を持たぬ男がたった一人で、つぎつぎと家臣達を倒していく。

徒歩《かち》だろうと馬上だろうと関係ない。

流麗に四肢を動かし、滑稽に見える動作で攻撃を避《よ》けながら、無防備になった身体へ拳や足を叩きつける。

殴られた兵は面白いように後方に飛び、そのまま動かない。

人の拳があんなにも強いものか？

殴れば己の拳も傷を負うはずだ。

しかし、男はそんな素振りをいっさい見せず、敵を殴り倒し、蹴り殺していく。

男が伝兵衛を見て笑った。

己へ突き立てられた鋭い視線に、百戦錬磨の伝兵衛が背筋に冷たさを感じた刹那、男の姿が消えた。

息が止まった。

なにかが首に絡みついている。首だけではない。全身。己の身体中をなにかが締めつけている。

蛇……

大きな、とてつもなく大きな蛇に全身を締め上げられている。

身体が音をたてる。

視界がぼやけ、周囲の怒号が小さくなっていく。

意識がとだえる間際、伝兵衛は暗き闇にひびく声を聞いた。

「御首《おんくび》頂戴」

「芳野伝兵衛殿討ち死にぃ」

叫び声が戦場を駆けぬけた。

「なんと」

弥五郎は叫んだ。

「いったいなにが起こっておる？　伝兵衛の陣が……芳野伝兵衛の陣が一直線に引き裂かれた」

つぶやく兼広の顔が白い。

「まさか蛇衆《じやしゆう》」

うめくように言う弥五郎を、兼広が見る。

「噂《うわさ》で聞いたことのある名じゃ。戦場を転々とし、金で戦を請け負う蛇のごとき輩《やから》がおると。奴等が味方をする軍は負けぬ」

「まさか」

「しかしいま見たであろう？」

あまりに異様な光景であった。あれほど見事に軍勢が引き裂かれることがあるのか？

「いかん。弾正様が」

叫ぶと同時に馬腹を蹴った。

「弥五郎っ」

兼広の声がまたたく間に遠くなる。視線の先には、伝兵衛の軍へ向かう、弾正の姿があった。

「ん？」

槍を振り回しながら、さきほどの若者だ、せまりくる軍勢へ顔を向ける。

視線の先に鷲尾弾正の軍がせまる。

「今日の仕事は伝兵衛の首だろ？」

僧形の男がつぶやく。

「どうする朽縄《くちなわ》?」

伝兵衛を絞め殺した男を女が見つめた。

朽縄と呼ばれた男は、いちど周囲を見渡すと、弾正の軍に向かって駆けた。

「おい、朽縄」

僧形の男が、敵を薙ぎ払いながら朽縄の後を追った。女と頭巾の男、そして若者も朽縄に続いた。


「おのれぇ」

頭に血が昇り見境がつかなくなった様子で、若い大将が駆けて来る。その目が朽縄をにらみ付けている。

必死に止める家臣達を押し退《の》けながら、朽縄に斬りかかった。

「青いな」

侍の乗る馬へ飛び乗ろうと身を屈《かが》めた。

「弾正殿」

侍と朽縄の間を一頭の馬がさえぎった。

馬上から刀が振り下ろされる。踏み止まらなければ胴を断ち斬られていた。

「下がれ弥五郎」

弾正と呼ばれた大将を老武士が、必死に押し止める。

踵《きびす》を返した。

「逃げるのか」

弾正が朽縄の背中に怒声を浴びせかける。

「お守りの付いた小便首などに興味はない」

吐き捨てると、追ってきた仲間達とともに敵の群れへと引き返す。

怒り狂う弾正の叫び声を、朽縄は背中に受けた。

二

「戻って来たようだぜ」

十郎太《じゆうろうた》は己の槍『旋龍《せんりゆう》』を磨きながら皆に告げる。

「早かったな、父《と》っつぁん」

鬼戒坊《きかいぼう》が小脇にかかえた金棒『砕軀《さいく》』をもてあそびながら、こちらへ歩いてくる老人に向かって言った。

「黒部の殿様も上機嫌だったのでな。ほら」

商人風の老人が懐から革の袋を取り出す。

「おぉ」

十郎太が袋を見てうなった。中で銭の音が鳴っている。

「ご苦労だったな朽縄」

峠の奥まった木々のなか、人目を避けるように六つの人影があった。老人は十郎太と鬼戒坊に迎えられ、奥の切り株に座っていた朽縄へ近付いていく。

「芳野伝兵衛が討ち死にしたことで形勢が逆転し、大竹の軍を退けられたと、黒部の殿様も上機嫌じゃった。このとおり、報酬もはずんでもらったぞ」

老人は、朽縄へ革の袋を投げた。

「こいつの管理は宗衛門《そうえもん》。あんたの役目だ」

受け取った袋の中身を確認せず、宗衛門と呼ばれた老人へ朽縄は投げ返した。

「そうだぜ、朽縄だけじゃねぇ。俺達だってちゃんと仕事を果たしたんだからよ」

弓の手入れを行なっている男が宗衛門を見た。

「孫兵衛《まごべえ》のおやじは、『雷鎚《いかづち》』の弓弦を二回弾いただけじゃねぇか」

十郎太は舌を出す。

「何だとこの野郎」

孫兵衛が身を乗り出す。

「じゃあ十郎太。あんたに孫兵衛みたいな芸当ができるっていうのかい？」

黙ってやりとりをながめていた若い女が十郎太を見る。憂いを秘めた美しい瞳で見つめられ口ごもる。

「そりゃあ」

「だったら下手《へた》なこと言うもんじゃないよ」

「まぁ、十郎太も悪気があって言ったわけじゃねぇんだから、怒るなよ夕鈴《ゆうすず》」

鬼戒坊がなだめる。

「一人一人の腕を信用しなきゃ大きい仕事はできないよ。十郎太、あんたはもう少し仲間を敬いな」

「解ったよ」

姉に叱られた弟のように、孫兵衛に頭をさげた。

「口の利き方に気ぃ付けろ」

立ち上がりかけた腰をおろし、孫兵衛は雷鎚の手入れを再開する。

『仲間か……』

夕鈴の言葉を十郎太は心のなかでつぶやいた。

たしかにいま目の前にいる六人は仲間である。ともに戦い、ともに生きる。戦場を転々とし、銭で仕事を請け負う。

銭で雇われ戦場に出る者の多くは、ろくな課役も持たぬ輩である。牢人《ろうにん》、山賊、海賊。呼び方はさまざまあれど、結局は世の枠組みから外れた無頼《ぶらい》の輩《やから》だ。

徒党を組んで戦場を流浪し、戦働きを生業《なりわい》にするなど、正気の沙汰ではない。小遣い稼ぎでもなければ、乱暴狼藉《ろうぜき》を公然と許された場で暴力を行使したいわけでもない。だからといって手柄を立てて武士の世で立身出世を望んでいるわけでもない。

ただ、己が生きていくために一番得意な物を行使するところが戦場だった。みな世間から疎外されたのだ。真っ当に生きることさえできない。

世間からはみ出した者達がつどい、仲間という小さな世間を作る。

おかしなもんだ。

人は一人では生きていけないんだ。

夕鈴の声が十郎太を呼びもどす。

「どうしたの十郎太？」

「え？」

「疲れてんじゃねぇのか？」

鬼戒坊が様子をうかがう。

「あれくらいで疲れるもんか」

十郎太はおおげさに胸を張った。

「爺《じい》さん。次の仕事は決まってねぇんだろ？」

宗衛門を見た。

「あぁ。このあたりは戦が絶えないと聞いたんで来てみたが、どうもにらみ合いばかりで本格的な戦とまではな。はやいところ、周防《すおう》、筑前《ちくぜん》にでも行ってみようかと思っている。最近守護の座を争って、大内《おおうち》と大友《おおとも》がやり合ってるらしいからな」

頭の算盤《そろばん》を弾くように宗衛門が言った。

「すこしは休めるってことだな？」

鬼戒坊がにんまりと笑う。

「そういうことになるな」

「やったな、父っつぁん」

十郎太が、鬼戒坊の胸を拳で小突く。

「銭も入ったことだし、博多《はかた》の町で遊ぶとするか」

「おっ、俺も混ぜろや」

二人の話に孫兵衛も楽しそうに割って入る。

「どうした無明次《むみようじ》？」

朽縄が振り返ると、己の背後に立つ男を見た。

「誰か来る」

無明次と呼ばれた男が峠へ視線をむけた。三十あたりと思われる顔つきには不釣り合いなほど髪は色が抜け、白くなっている。

無明次の言葉が警告の色を帯びている。

宗衛門をのぞいたすべての者が峠をにらみ、それぞれの得物《えもの》を手に身構えた。

「蹄《ひづめ》の音だ。五頭、いや六頭」

無明次が朽縄に告げる。両手には小さな棒状の刃物『雫《しずく》』がにぎられている。

十郎太は必死に耳を澄ました。

しかし蹄の音は聞こえない。

「あとどれくらいでここに？」

夕鈴が聞く。

手には太刀『血河《けつが》』がにぎられている。

「駆けている。もう間もなくだ」

言葉が途切れたころには、十郎太にも蹄の音が聞こえてきた。

響きは徐々に大きくなり、木々の間から六人の侍の姿が見て取れた。

侍達は十郎太達のひそむ林の前で馬を止めると、馬上で何やら話しはじめた。

聞き耳を立て、侍達をうかがう。

「嘉近《よしちか》、このあたりなのだな？」

先頭を走る紺青《こんじょう》の着物をまとった男が後方へ叫んだ。

「間違いございませぬ」

嘉近と呼ばれた男が先頭の馬へ近付くとうなずいた。

「嘉近。御主にも彼奴等《きゃつら》の戦いぶりを見せたかったぞ」

「隆意殿の申され様。よほどの者どもであったのでしょうな」

「化け物じゃ」

「どうやら先頭にいるのは鷲尾曦嶄の倅《せがれ》のようだ」

侍達を見つめながら宗衛門がささやく。

「じゃあ兄者《あにじゃ》が狩りに行った？」

「いや、あんな顔ではなかった」

朽縄が答える。

「多分、朽縄が見たのは兄の弾正だ。あれは弟の鷲尾隆意。鷲尾の領内じゃ兄以上の切れ者だと評判らしい」

「ほう」

巨体を木で隠しながら、鬼戒坊が隆意を見つめる。

「奴等はおそらく蛇衆とかいう荒喰《あらばみ》だと弥五郎が申しておった」

「荒喰でござりまするか」

荒喰とは、中部九州で戦の折、急場にそろえる兵のことである。

嘉近の身体は周囲の侍達より一回り大きく、黒色の衣と相まって、重厚な威圧感を放っていた。右目の真下にある大きな火傷《やけど》の痕がひときわ目を引いた。

「奴等が加勢した軍は絶対に負けぬと言われておるそうじゃ」

「そんな馬鹿な」

「実際に目の当りにすれば、噂もまんざら嘘《うそ》ではないと思えてしまう……もう二度と敵として出会いたくない者達だった。だが」

隆意が振り返る。

「味方にすればこれほど力強い者達はおらぬ」

「なんだ？　俺達を雇うつもりだぜ」

十郎太は宗衛門を見る。

「仕事だぜ父っつぁん」

「そうらしいのぅ」

宗衛門の肩を鬼戒坊が叩く。

「やれやれ、せっかくの休みが」

孫兵衛が溜息《ためいき》を吐《つ》く。

「そりゃあ宗衛門の爺さんの仕事に掛かってるってこった」

「儂《わし》が仕事を受けそこなったことがあるか？」

「そりゃあ俺達には解らねぇもんなぁ」

「若造めが」

十郎太を叱りつけようと手を上げる。

「行くんだろう？」

朽縄の声が宗衛門を制した。

「お？　おぉそうじゃった」

覚えておれよ。言いはなって宗衛門は声のする方へ向かった。

「草《くさ》が申すには、黒部を出た怪しき商人《あきうど》が、このあたりへ歩いて参ったということでありましたが」

嘉近が周囲を見まわす。

「それは某《それがし》のことにござりますかな？」

ゆるやかに、しかし機敏な動きで、宗衛門が突然林から姿を現した。

「うぉおっ」

嘉近の隣にいた侍が声に驚いた。

あおられるように乗っていた馬が首を上げる。

「うろたえるな」

嘉近が侍の手綱をにぎり、引っ張る。

手綱を引かれた馬が体勢を立て直そうと小刻みに揺れる。なんとか侍は身を保ち、落馬を免れた。

「なんじゃ貴様はっ」

侍が宗衛門に向かって刀を抜いた。

「いい加減にせい」

制するように怒鳴る隆意の声が静かな林にひびいた。

肩をすぼめて恐縮すると、侍は刀を納め、一度宗衛門をにらみ付けてから静かに後方へ下がった。

「いやいや驚かせてしまったようですな」

飄々《ひょうひょう》とした様子で微笑んだ。

「御主、気配を殺しておったな？」

嘉近がにらむ。

「さて？　某はちと小便をしようと、茂みのなかに分け入っておっただけ。丁度、峠へ戻ろうとする時に、お侍様方の話し声が聞こえてまいりまして、どうも某のことを話しておられるようにございましたので、参上した次第にございます」

愛想のよい笑みを浮かべ、おおげさに辞儀をする。

「御主の話を儂等がしておると思うたと？」

「左様で」

「ならば、黒部の城より出て来た商人が己であると申すのだな？」

冷淡な隆意の声に、調子良く答える。

「左様にござります。お侍様がお探しの商人は某めにござります」


「相変わらずの狸親父《たぬきおやじ》だぜ」

木々にかくれながら十郎太は言った。

「あれが爺さんの仕事だ」

朽縄が答えた。


「御主、蛇衆という者等を知っておるか？」

隆意の問いかけに宗衛門は首をかしげる。

「じゃしゅう？　それは蛇の群れという意味の蛇衆にござりますかな？」

「やはり」

隆意がうなずいた。

「御主、蛇衆の何だ？」

「ずいぶんと単刀直入なご質問にござりまするな」

あくまでも飄々と答える。

「某めは蛇衆をお殿様のような方々と引き合わせる商人でござります」

「引き合わせる？」

嘉近が問う。

「左様、某めは蛇衆の裏方を一手に取り仕切っております、宗衛門と申すけちな商人にござります」

「商人が荒喰を何に使う？」

「彼等は某の商物《あきもの》にて」

隆意が眉根を寄せてにらんだ。

まったく気にも止めていないのか、宗衛門は淡々と続ける。

「左様。某は彼等をお侍様方にお貸しいたし、戦場での彼等の働きによって報酬を頂くことを生業《なりわい》といたしておりまする」

宗衛門は公然と、人を売り買いしていることを認めた。

嘉近が汚い物を見るような目で宗衛門を見た。

「ご無礼とは存じまするが、お侍様のお名前を」

隆意を見上げる。

「儂は鷲尾巘嶄の次子、鷲尾隆意。そしてこの男は鷲尾家の臣、堂守嘉近《どうもり》」

「なんと。鷲尾家のご子息にあらせられましたか。それに、堂守殿……それでは、鷲尾の虎、堂守兼広殿は」

「儂の父だ」

嘉近が尊大な態度で答えた。

「左様にござりましたか」

おおげさな驚きようで、もう一度深々と頭をさげた。

「そのようなお方が、某のような下賤《げせん》な商人をお探しということは」

隆意を見る。

「戦にござりまするか?」

宗衛門の言葉に、隆意は冷酷な笑みで応えた。

三

後年、応仁文明《おうにんぶんめい》の乱（一四六七〜七七）と呼ばれる京での戦が終わりをむかえたころ、守護大名家の家督争いや、地方の地侍達の台頭によって、各地では、武力による争いが続発していた。力によって力を制する。誰も信用できず、不確かな主従関係と支配によって成り立つ世をむかえた。

なにが正義でなにが悪なのか不確かな時代、後に下剋上《げこくじょう》と評されることになる時代の幕開けである。

筑後《ちくご》と肥後《ひご》の境にある肥岳《ひがく》地方の中央に、鷲尾山《わしおさん》という名の山があった。東西に長く伸びる稜線《りょうせん》は周囲の山々と連なり、眼下に平野がひろがっている。

鷲尾山の麓に位置する鷲尾領は、周囲を幾重にも連なる山に閉ざされ、古くから荘《しょう》園《えん》としての支配も薄く、武家の世になっても守護の力のとどかぬ辺鄙《へんぴ》な土地であった。

荘園領主より自治をまかされた地侍の力が強く、鷲尾山を本拠とする鷲尾家は、平安のころは荘官として、鎌倉《かまくら》の世では地頭《じとう》職を、室町《むろまち》に入ると国人《こくじん》となって、代々この地を治めてきた。

南北朝の動乱以降、周囲の国人衆との争いをかさねながらも、鷲尾家は肥岳一の領主の地位を着実に築いていった。

時代は戦乱期をむかえつつあった。

九州探題《たんだい》家と各地の守護大名による争いは、九州各地に飛び火し、今日の支配者が明日の逃亡者となり、北部九州は混乱の様相を呈していた。

幕府の勢力争いは、この山間《やまあい》の地にも影響を与えていた。

代々、豊前《ぶぜん》守護大友氏と被官関係を築いている鷲尾家を攻略しようと、国人衆は探題家や他の守護勢力と結び、隙あらば鷲尾の地を奪い取ろうとする。

この地の要《かなめ》といえる鷲尾を制する者こそ、この肥岳を制する。

当然、鷲尾家は戦乱の中心とならざるを得なかった。

「どうして俺なんだよ」

周囲の視線を気にしながら、隣に立つ宗衛門を見る。

「槍が得意な御主が適任じゃろう？」

「なんだよそれ」

ふくれっ面《つら》の十郎太をよそに、宗衛門は眼前の男へ微笑む。

鷲尾山の山頂に建つ鷲尾城に二人はいた。

城内にある大きな庭で、宗衛門と十郎太の周囲を、床几に座った十数名の髭面の男達が見つめている。

中央にいる男を宗衛門は見ている。

男も、鋭い眼光で宗衛門をながめている。頭を丸め、鼻は鷲《わし》の嘴《くちばし》のように大きく尖《とが》り、真一文字にむすばれた口は男のけわしい気性を表していた。獲物をねらう獣のように大きく見開かれた目から放たれる光は、他を圧倒する力を持っていた。

彼こそ鷲尾家の当主、鷲尾巘嶄であった。

「此奴等《こやつら》の腕前を是非父上にも見ていただき、我妻との戦で使ってみたいと思い、このような場を設けさせていただきました」

左隣に座る鷲尾隆意が言った。

巘嶄の右側の男が不服そうに眉をひそめた。

「あいつ」

十郎太が男を見てつぶやく。

「兄者が仕留めようとした奴だ」

宗衛門が目線を遣《や》る。

「あれが長子の弾正か」

二人だけにしか聞こえぬ声で語りあう。

「彼奴等《きゃつら》の腕前。隆意よりも御主の方が知っておろう?」

巇嶄はするどい眼光を弾正にむけた。

弾正がうつむく。

「隆意は鬼神悪鬼《きしんあっき》のごとく語るのだが」

ねめつけるような視線で己を見る巇嶄の視線に、十郎太は寒気を感じた。

「そのような者がおるとは信じられぬ。人が悪鬼のごとく戦えるものか」

「彼奴等の」

おびえた口調で弾正が語りだした。

「彼奴等の戦い方を評せと申されるのならば、たしかにあれは」

落ち着かぬ態度で巇嶄の視線をはぐらかしながら「鬼神としか申しようがございませぬ」と声を絞り出し言い終えると、うつむいた。

「そうか。御主もそう申すか」

巇嶄は十郎太の槍を見た。

両端に穂先を持つ旋龍を見た、巇嶄の顔に笑みが浮かぶ。

「変わった槍じゃ。よもや道化、遊戯のたぐいではあるまいな?」

「見ていただければ解りまする」

宗衛門が平然と言いはなった。

物怖《ものお》じせぬ宗衛門の胆力に、巘嶄は満足するようにうなずく。

「ならば見せてもらおうか」

居ならぶ家臣達のなか、巘嶄が弥五郎を見た。

背後に弥五郎が合図を送る。

「ん、なにが始まるんだ？」

なにやら騒がしい声がする。

侍が姿を現した。

同時に、聞こえていた声はおさまり、色濃い人影がいくつも引き連れられて出て来る。

人影は巘嶄達の前、ひときわ陽《ひ》のあたる場所まで来ると、宗衛門と十郎太に相対した。

太陽の光に照らされ姿を露《あらわ》にした人影は、およそ城内に似つかわしくない姿である。

垢《あか》まみれで衣服は汚れ、髪の毛は伸び放題だが、眼光だけはぎらついている。

全身を鍛え上げた男達が二十人ほどならんだ。

「始めろ」

巘嶄が告げる。

槍を手に持ち、甲冑に身をかためた鎧武者《よろいむしゃ》が十郎太と男達を取り囲んだ。

「おいおい何だ？」

十郎太が身構える。

「そこの商人」

弥五郎が宗衛門を見る。

「怪我《けが》をしたくなければ下がっておれ」

「それでは」

鎧武者の間をかいくぐり、宗衛門が包囲から出た。

「おいおい爺さんよぅ」

宗衛門を目で追う。十郎太の背後で、なにかを地面に放り投げるような音がいくつも鳴った。

振り向く。

粗末な身なりの男達の前に、さまざまな武器が転がされている。

刀に、槍に、弓もある。

「そこの荒喰《あらばみ》」

巇嶄の声が鎧武者ごしに聞こえる。

「ん？　あぁ、俺のことか」

「汝《うぬ》の目のまえにいるのは、このあたりを根城にしておった山賊どもの生き残りだ。いずれも強者《つわもの》ぞろいで、戦のために生かしておった者達だ」

　巉嶄が賊に向かって口を開いた。

「そやつを殺せば汝等《うぬら》は自由じゃ」

　荒くれ者達がいっせいに息を呑んだ。

「そういうことだ荒喰。汝が生きる道はただ一つ。此奴等を殺せ」

「なんだと？」

　頭をかく。

「悪鬼羅刹《らせつ》であるのなら、雑作もなきことであろう」

「無茶苦茶なこと考える殿様だぜ」

　独り言とともに首を鳴らす。

「やれ」

　冷酷な言葉と同時に、山賊達が雄叫びを上げながら武器に手を伸ばした。

「爺さんよぉ。この分の銭は別だぜ」

　旋龍を背中に回し大きく伸びをする。

「さぁ、どっからでも来な」

　腹中に溜めた気をいきおいよく吐き出し叫んだ。

　賊がせまる。

十郎太よりも頭一つ大きな男達が襲ってきた。

首をねらった二本の刀を、旋龍が受け止める。

両腕を小さく回す。動きにともない、旋龍の穂先が二人の首を円を描きながら通り過ぎた。

血飛沫《ちしぶき》が十郎太の顔を紅く染める。

鮮血を浴びながら、次に襲い来る四人の人影を目に留める。

二人は槍で二人は刀。

旋龍が、目の前で棒立ちになっている、首のない男達の刀をはじいた。

二本の刀が槍を持った賊めがけて飛んでいく。

一人は咽《のど》に、一人は腹部に深々と刀が突き立ち、なにが起こったのか理解する間もなく、倒れた。

死にゆく賊に目もくれず、すでに刀を持った男達めがけて突っ込んでいる。

右側の男が刀を振り上げた。

「おめぇの間合いじゃねぇよ」

振り下ろされた刀をわずかに後ずさりながらかわし、男の咽を貫いた。

男の咽に旋龍を刺したままの無防備な状態を、もう一人の男は見逃さなかった。十郎太の首めがけて横薙ぎに刀を振る。

旋龍を手放し、跳躍すると、男の刀を飛び越え、その体勢のまま顔を思いっきり蹴飛ばす。

男の身体がおもしろいほど後ろへ飛んだ。

後方で弓を構えていた賊に、男の身体が激突し、二人はそのまま倒れた。

骸から旋龍を引き抜くと、二人して倒れた男達の上へ飛び、そのまま貫く。

瞬時に七つの骸が、十郎太の周囲に転がった。

「化け物か」

賊の一人がつぶやいた。

「へへへ」

全身に返り血を浴びながら無邪気に笑う姿に、百戦錬磨の男達の顔が恐怖にふるえる。

閃光《せんこう》が走った。

わずかに首を右にそらしながら、左手で虚空《こくう》をつかむ。

十郎太の手に一本の矢がにぎられている。

「ほらよ」

持ち主に返すような気軽さで、十郎太は弓を構える男へ矢を投げ返した。

驚きの表情を浮かべたまま男が倒れる。

「このままじゃあ埒《らち》があかねぇ。いっぺんに押し潰すぞ」

賊のなかでもひときわ貫禄《かんろく》のある男が叫んだ。

「あいつが頭領か」

次の獲物を見つけた。

「おおおおおっ」

十郎太を押し潰すように、今度はいっせいに男達が襲いかかる。

「おいおい。むさ苦しいのは嫌いなんだよ」

うんざりした様子で旋龍の穂先を後方へ引き、腰を落とすと両腕に力を込めた。

十郎太の眼前に無数の槍が伸びて来る。このまま刺し貫き、押し潰そうという魂胆だ。

「うおっりゃあぁっ」

十郎太は吠《ほ》えた。

男達が一気に槍を突き出す。

互いの肩が触れ合いながら、賊の突き出した槍は中ほどで交錯している。

しかし、貫いたはずの十郎太の姿がない。

賊の群れのなか、一人の首が音をたてて折れた。

男達が密集する瞬間、それを飛び越え、一人の頭を足場にし、もう一度高く飛んだ十郎太の姿を、賊の首魁《しゆかい》ははっきりと捕らえていた。

それが首魁の見た最期の光景となった。

旋龍に胸を貫かれ光を失った目に、返り血にぬれた顔が映る。

賊が矢を放った。

ひるがえり、首魁の骸で矢を受ける。

骸を捨てて男を見ると、弓には次の矢がつがえてある。

男が十郎太の背後を見た。

背中に殺気を感じる。

見ずとも解る。背中めがけてもう一人、弓を構えている賊がいる。

さきほど槍で突撃した者達も体勢を整えて穂先を向けている。

すべての殺気が集中する。

「一気にかたを付けようって腹かい」

全身を焼かれるような殺気の海に溺れそうになりながらも、十郎太の微笑みは消えない。

矢が放たれるより先に、槍を持った男達が襲ってきた。さきほどのように一度にではない。最初に突撃して来たのは五人。おそらく仕損じた場合、第二波が押し寄せ、確実に仕留める気なのだ。

前後の弓は十郎太にねらいを定めている。

「是非もなしってわけか？」

身をひねりながら、背後の男を視界に捕らえる。

前後の弓が放たれた。同時に、旋龍が後方の男めがけて一直線に飛んだ。

弓を構えた男の胸に旋龍が突き刺さる。

矢が行き過ぎる音を聞きながら、後方の男へ走り旋龍を引き抜き構えた。

追いかけるように五人の男が突進して来る。前方の男は矢をつがえ十郎太をねらうが、槍を持った男達に阻まれて姿が見えない。

突進する男達の目に映る旋龍が伸びた。

一方の穂先の縁を右手でにぎると一気に回転し、男達の咽めがけてもう一方の穂先を振った。槍の間合いよりも一層広がった死の竜巻は、目標を的確に捕らえ、賊は喉笛をえぐられ絶命した。

紅の血飛沫が五匹の龍《りゅう》となって天へ駆け昇る。

回転した力を利用し、弓を構える男にそのまま旋龍を投げる。

矢をつがえたままの体勢で男は倒れた。

残る四人が背後から突進して来る。

十郎太の手に旋龍はない。

「鬼さんこちら」

跳ねるような口調で言うと、十郎太は前方の骸に向かって走り出した。

胸には旋龍。

四人の槍が十郎太にせまる。

「よっ」

十郎太が旋龍に向かって飛び込んだ。

襲い来る槍が背中をかすめて交錯した。

間一髪、旋龍をにぎり、後方に回転すると十郎太は立ち上がって男達をにらみ付けた。

「手前《てめ》ぇ等。俺の大事な衣を」

にらみ付けたまま己の背中へ手を伸ばす。

四人の槍は着物を引き裂き、たくましく鍛え上げられた背中がむきだしになっている。

「ぷっ」

囲いの外にいた宗衛門の笑い声が聞こえた。

「俺を怒らせやがったな」

賊達をにらむ。

じりじりと間合いを詰める賊。

「来いよ」

挑発する。

喊声《かんせい》を上げ十郎太めがけて賊達が突進する。

旋龍が回転する。

四本の槍が十郎太の身体にせまる。

旋龍の回転が増す。

旋龍が哭《な》いた。

甲高い音をたて、十郎太の身体をかき消すほどの速度で回転する両刃の龍が、敵の槍を弾き飛ばした。

賊達の身体が仰《の》け反《ぞ》る。

「行くぜっ」

無防備になった賊達の身体めがけて突進した。

竜巻に呑み込まれ、身体を切り刻まれながら絶命する四人の男達の絶叫がとどろく。

回転する旋龍に巻き上げられ血が噴き上がった。

哭《や》き声が止み、旋龍は回転を止め、手に静かに収まった。

周囲に四人の無惨な屍骸《しがい》をまき散らし、中央で無邪気な笑みを浮かべる。

「終わったぜ」

巑嶄に向かって叫んだ。

目の前でくり広げられた光景を呆然《ぼうぜん》とながめていた鎧武者達がいっせいに後ずさり、後方で見ていた鷲尾家の面々の顔が、十郎太の目に映る。

一様に驚きと戦慄を浮かべる侍達のなかでただ一人、右目の真下に大きな火傷の痕のある男だけが、平然と事の成り行きをながめていた。

『あいつ……たしか隆意とかってのと一緒にいた奴だ』

「見事だ」

沈黙を破るように巌嶄が言った。

「あらためて見るとまことに凄《すご》い」

隆意も震えながらつぶやく。

弾正は過日の戦を思い出したのか、青ざめた顔のままうつむいている。

巌嶄が問う。

「汝《うぬ》の名は？」

「十郎太」

ぞんざいに答えた。

「此奴、口の利き方を知らぬのか？」

嘉近の父、堂守兼広が吐き捨てた。

「所詮、金で雇われる荒喰だ。こんなものだろう」

巌嶄の言葉に十郎太の眉が動く。気配を察した宗衛門が駆け寄ってきた。

「いかがでございましたでしょうか？」

愛想良くたずねる。

「御主が飼っておる者達は皆、これほどの腕を持っておるのか？」

「左様で」

目を伏せながら宗衛門がうなずく。

「まことか？」

巉嶄の目が弾正へ向けられる。

「たしかに、この商人の申すことに嘘はありませぬ」

弾正が答えるのを聞くと、巉嶄は満足したようにうなずいた。

「宗衛門とやら」

「は」

「当家はいま、長年の宿敵である我妻との戦を控えておる。我妻の小童《こわっぱ》がたびたび国《くに》境《ざかい》にちょっかいを出して来おってな」

巉嶄が禿《は》げ上がった頭を撫《な》でた。

「ここいらで叩いておかねば、我妻の餓鬼め、ますますつけ上がりおる。大竹と黒部の戦のような小競り合いではない。我妻もかなりの軍を率いてくるはず。金は出す。我が方に加勢いたせ」

「身共等《みども》は貰《もら》える物さえいただければ」

「ふん」

あからさまに堂守兼広が嫌悪の表情を浮かべた。

「裏切るなよ」

兼広が宗衛門をにらみ付けた。

宗衛門は兼広を見ると、にこやかにうなずいた。

「この稼業は信用が第一にござりまする。一度御陣に加えていただきますれば、仕事が終わるまで必ずお味方いたしましょう。そのためにも」

「なんだ？」

「蛇衆の決まりにござりますれば、戦の前に半金を頂戴いたしとうござりまする」

深く頭をさげた。

宗衛門に向けられた冷淡な巉嶄の瞳に、十郎太は不吉なものを感じた。

四

「どうだった？」

板張りの粗末な床の上。大きな身体を横たえていた鬼戒坊が、戻ってきた十郎太の姿を見つけて起き上がった。

鷲尾城下、銭で一夜の寝床を貸す粗末な宿屋である。灯明《とうみよう》のわずかな光が、一間を照らしていた。

薄汚れた人足《にんそく》や、手入れの行きとどいていない刀を小脇に抱えた喰いつめ牢人が、気の向くままに陣取り寝転がっている。

「まとまりそうだ」

鬼戒坊と朽縄、そして夕鈴、少し離れたところに無明次が座っている。

酒と博打《ばくち》に目がない孫兵衛は、夜の城下をさまよっているのか、姿がない。

「戦が始まるってことか」

鬼戒坊のつぶやきを漏れ聞いた牢人が、少しだけ身体を起こしたが、なにごともなかったかのようにまた横になる。

「相手は我妻ってところらしいぜ」

十郎太は仲間のそばに座った。

十郎太が戻って半刻《はんとき》（約一時間）あまりのち、無明次が通りに面した板戸のほうを見る。

「こちらでござります」

視線の先に、宗衛門の姿が浮かび上がる。どうやら客を連れているらしく、顔に愛想の良い笑顔が張り付いていた。

「爺さん、遅かったじゃねぇか」

「お客様も一緒だよ」

気軽な口ぶりの十郎太に、夕鈴が静かに言った。

「どうぞ。この者達にござります」

十郎太達の前に、二人の侍が寄ってきた。

若い方は峠で見た顔、もう一人は今日の昼、鷲尾城内で目にした老武士だった。

「控えろ。こちらは御主達を検分にいらした末崎様と堂守様だ」

宗衛門に案内されて来たのは末崎弥五郎と堂守嘉近の二人だった。

「なんとも」

弥五郎がつぶやく。

二人は眉をひそめて蛇衆の面々を見渡している。

「もう一人おるのでございますが、いまは外出しているようですな」

孫兵衛の徘徊癖《はいかいへき》は宗衛門も承知している。

「銭で雇われ戦場に出る者とはこのような者であるか」

嘉近が淡々とした口調で言いはなつと、十郎太と鬼戒坊が表情を変えた。夕鈴と無明次、そして朽縄の三人はまったく動じることなく静かに座っている。

「先日、黒部に加担したばかりでありながら、今度は敵であった鷲尾に与《くみ》することに、なんのためらいもないのか？」

突然、嘉近が切り出した。

背格好と容姿、そしてどのように戦場で使うのかを見極めるための検分と聞かされていた宗衛門は、突然の問いかけに驚いていたが、平静を保ちながら、事の成り行きを見守っている。

「ない」

ぶっきらぼうに朽縄が答えた。

かすかな灯明に揺れる朽縄の顔に、嘉近はけわしい視線を投げかける。

「銭さえ貰えればなんでもすると？」

さらに問う。

「銭は生きる糧《かて》だ」

「どういう意味だ？」

嘉近の視線へ朽縄が冷酷な眼光を返す。

灯火の明かりに朽縄の目が光った。

「生きるための対価であれば、銭でなくてもいい。俺達は人を殺す術《すべ》を売っている。誰のためでもない。己のために人を殺す。そしてみずから殺《あや》めた命を喰らい、生きている」

いつもと違う朽縄の様子を、十郎太は戸惑いながら見つめていた。

他の客達が、物騒な会話に凍り付いている。

客だけではない。

弥五郎も、蛇蝎《だかつ》を見るような目だ。

「武士とは違うと？」

嘉近はまったく動じることなく続ける。

「俺達は侍でも百姓でもない。顔を見たこともない主君のために、仇《かたき》でもない者を殺す

 こともなければ、主のためと己の命を捨てることもない」

「しかし戦で命を落とすこともあろう？」

「己が弱いというだけの話だ。誰かのために命を落とすわけではない」

「あくまで己の力で敵を狩り、糧に変えて生きているということか。ならば、山で暮らせば良かろう？　山で獣を殺し、糧として生きていけばいい」

朽縄が笑った。

「なにがおかしい？」

「山の理《ことわり》も知らぬくせに、知ったような口を利くな。山には山の掟《おきて》がある。おいそれと里の者が入って行ける世界ではない」

百姓もそうだ。と続ける。

「百姓には百姓の仕組みがある。侍にも侍の仕組みがあろう。その枠組みに入っているのかいないのかが重要なのだ。俺達は」

朽縄は蛇衆の面々を見た。

「生まれも育ちも違うが一つだけ同じ傷を持っている」

「傷？」

「群れから拒絶されたという傷だ」

皆が表情を曇らせた。

「侍の身である御主達には解るまい」

「どうしたんだよ兄者？」

「少し喋りすぎた」

十郎太の声に、朽縄は口をつぐんだ。

場を静寂がつつむ。

凍り付いた場の空気を引き裂くように、嘉近が口を開く。

「銭で身を売るしか術がないと言うのだな」

朽縄が立ち上がった。

一度鎮火しかけた感情が、再び燃え上がるように、嘉近に詰め寄る。

嘉近の目に、炎に照らされた朽縄の顔が克明に映し出された。

嘉近は声を失った。

「どうした？」

「お、御主は」

あきらかに嘉近の様子がさきほどまでと違う。

「嘉近？」

不審に思ったのか、弥五郎が顔をのぞき見る。

「御主。覚えておらぬのか？」

「なに?」

朽縄がにらんだ。

「儂《わし》のことを覚えておらぬのか?」

「御主は俺を知っているのか?」

二人の様子がおかしいことに、周囲の者達が戸惑う。十郎太と宗衛門が二人の間に割って入ろうとするのを、押し退けながら嘉近の肩を朽縄がつかむ。

「無礼であろう」

弥五郎が制するが、言葉に戸惑いの色がにじむ。

「本当に覚えていないのか?」

「俺は幼いころの記憶がない」

「なんと」

口が開いたまま固まっている。

「解った」

朽縄の手を払い除《の》けると衣服を正し、嘉近は大きく息を吸った。

「我妻との戦は近い。御主達には報酬分の働きをしてもらわねばならぬ。努々《ゆめゆめ》精進をおこたるでないぞ」

取りつくろうように言うと弥五郎へ目くばせをした。

「待てっ」

話はまだ終わっていない。叫んで、朽縄が駆け寄ろうとする。

だが一刻も早く宿を出ようと、嘉近は弥五郎を急《せ》かしながら板戸へ進む。

なおも諦めきれぬようにせまる朽縄を、十郎太は必死に止めた。

「そのくらいにしとけよ兄者」

板戸を開く瞬間、立ち止まると嘉近が振り返った。

「御主、名は？」

「朽縄だ」

「朽縄？」

「俺は蛇に育てられた。だから朽縄と名乗っている」

「蛇に育てられた……まぁ良い。邪魔をした」

嘉近は戸を開き、闇へ消えた。

「いったい、どうした嘉近？」

「末崎殿は、拙者が堂守家の養子であることは存じておられましょう？」

「うむ。御主の父とは鷲尾の竜虎と呼ばれた仲であるからな」

月の見えない濃藍《こあい》の空を嘉近が見上げる。

「拙者の生まれは沼河《ぬまかわ》にございます」

「沼河」

「左様。二十三年前、我が殿、巇嶄様によって攻め滅ぼされた沼河にございます」

弥五郎は当時のことを思い出す。

鷲尾領と我妻領を南北にへだてる小諸川《こもろがわ》。その北岸に位置し、北に向かえば我妻領と接し、南に流れる小諸川を渡れば鷲尾領という二つの大国に挟まれ、沼河領はあった。

当時、沼河は鷲尾と同盟を結んでおり、いわば鷲尾家にとって沼河は、我妻領へ侵攻する出城《でじろ》のごとき存在だった。

同盟を一方的に破り、謀反《むほん》の疑いという濡れ衣を着せ、沼河領へ鷲尾巇嶄が侵攻したのは二十三年前のことである。

その結果、沼河家は滅ぼされ、領地は鷲尾のものとなった。

「拙者の実の父は、沼河家に被官として仕えていた武士にございます」

頭のなかで、沼河という言葉が跳ね回る。

二十三年前の沼河での出来事は、弥五郎にとっても忘れ去りたい過去だった。

「それがあやつと何の関係があると言うのだ？」

さきほどの嘉近と朽縄の姿を思い出した。

「居たのです」

嘉近が体軀《たいく》に似合わぬ、か細い声でつぶやいた。

「二十三年前。あの男は沼河にいたのです。しかも」

嘉近は大きく息を吸った。

「あの男は沼河家の子でございました」

「いまなんと申した」

「あの男は沼河家の次子。八千代丸《やちよまる》」

「まことか？」

必死の形相で嘉近を見つめる。

「拙者と八千代丸殿は歳が近かったせいもあり、友のように育てられました故、間違いございらん。あれは八千代丸殿」

全身から血の気が失《う》せていく。

「朽縄」

忘我のうちに呻《うめ》いた。

「末崎殿？」

あまりの動揺に、嘉近の方が戸惑っている。

「沼河の次子……蛇に育てられた男……黒き蛇……」

三十年前のおぞましい光景がよみがえる。

『そやつは蛇じゃ。人を喰らう蛇じゃ。どこまでも冷たく、どこまでも執念ぶかい。漆黒の蛇……その赤子は御主を呑み喰らう蛇となる』

男が言った言葉がこだまする。

どす黒い蛇が身体を駆けめぐる感触を感じる。

「末崎殿？」

嘉近に肩を揺さぶられる感覚で、どうにか現世に留《とど》まっていた。

「生きておった」

虚空を見つめる。

「どうなされた？」

「嘉近」

「はっ」

「このことは他言無用じゃぞ」

嘉近は戸惑いながら、うなずいていた。

「いったい、どうしたんだ？」

鬼戒坊が朽縄を見つめる。

「あんなに熱くなった兄者の姿、はじめて見たぜ」

十郎太が鬼戒坊の言葉を継ぐ。

「あの男。俺の昔を知っているようだった」

朽縄は床を見つめる。さきほどの己の行動に、朽縄自身が戸惑っているようだった。

あの男の顔を見る前から、あきらかに朽縄の様子はおかしかった。

挑戦的な言葉に必要以上に反応し、感情をたかぶらせていた。

なぜなのか？

十郎太には解らなかった。

いや、朽縄にも解っていなかったのではないか。

「俺は幼いころの記憶がない」

朽縄が言った。

人には言えない傷を抱えてきた者達である。仲間の過去を問いただすようなことはしなかった。

己のことを口にしない朽縄が、過去を語っている。

皆が押し黙った。

「俺がこのあたりの生まれなのは父から聞いて知っていた」

「父？」

十郎太は、先をうながすように聞いた。

「育ての父だ。父は自分のことを大蛇《おろち》と名乗っていた」

「大蛇……だから蛇に育てられたと」

「俺がまだ幼いころ、このあたりで起こった戦で俺は両親を失った。以来、それまでの記憶がない」

「まったく覚えていないの?」

夕鈴が心配そうに朽縄をうかがう。

「いや。ぼんやりとは覚えている。揺れる炎の色だとか、身体中を襲う痛みだとか、気を失いそうなほどの息苦しさだとか、そういった感覚。そして、もっと幼いころの楽しいという感覚」

「あの男はそのころのお前を知っていたと?」

鬼戒坊が真剣な面持ちで見つめる。

「多分そういうことなんだろう。奴の素振りは、あきらかに俺を知っていたようだった」

嘉近の顔を思い出していた。

「お前は覚えていないのか?」

「まったく」

朽縄は首を振った。

「小《ち》っちぇころのことだろ？　俺だってそのころ、村で遊んだって奴にいま出会《でくわ》したところで覚えているかどうか怪しいもんだぜ」

場の空気を明るくしようと十郎太が笑った。

「たしかにそうかもしれない。が、俺は父と暮らしたころに誰かと遊んだことはない」

「どういうこと？」

夕鈴が、優しく問うた。

「俺はずっと父と二人で暮らしていた」

「誰とも会わずに？」

「あぁ。山の中で暮らしていた。そこでいろいろなことを教えてもらった」

掌を見つめると、拳をにぎった。

「俺の技は親父から教わった物だ」

はじめて聞く朽縄の過去に、皆が息を呑む。

「なぜ親父がそんな技を知っているのか不思議にも思わなかった。山以外の世界をなにも知らなかったからな。外の世界を知ったのも親父が死んだ後のことだったし、ぼんやりと頭のなかに残っている感覚が、幼いころの記憶だと気付いたのも、山を降りてからのことだ」

無明次は目をつむったまま聞いていているようだった。

「だから」

虚空を見つめる。

「昔の俺を知っている人間に会ったのもはじめてだ」

「知りたいの？　昔の自分のこと」

夕鈴の声が切なくひびく。

「解らない」

「解らない？」

「あぁ。知りたいと思っている自分がいる。しかし、どうでも良いと思っている自分もいる。過去の己を知ったところで必ずしも俺にとって良い結果を生むとは限らない」

なにかを思い出すように、夕鈴が薄汚れた天井を見上げた。

「少し喋りすぎた」

朽縄は腕を組むと目をつむった。

「そうだぜ。昔の兄者がどんな奴だったって、兄者は兄者だ。変わりはしねぇよ。だったら、べつに知らなくったって良いじゃねぇか」

「そうだな」

組んだ腕を解《ほど》くと、朽縄の手が十郎太の頭をかき回す。

やめろよ。と手を払いのけながら、照れ隠しに笑った。

五

前を見ても後ろを振り返っても兵士の列が続く。

十郎太は鷲尾の軍勢のなかにいた。

たびたび国境を侵し鷲尾への挑発を続ける我妻に対し、鷲尾巘嶄は、二千あまりの兵を我妻との国境沿いに位置する沼河の地へ進めつつあった。

いまごろ我妻も、鷲尾の挙兵を知り、兵を引き連れ進軍しているはずだった。

蛇衆は弾正の軍へ編成された。いま十郎太の周囲を歩く兵達は、弾正の指揮下に置かれている。

巘嶄の裁断を聞いた弾正の不服そうな顔を思い出すと、弥五郎は沈鬱な気持ちになった。

先の大竹と黒部の戦の折、弾正は武士として耐え難い屈辱を味わわされた。

『お守りの付いた小便首などに興味はない』

蔑《さげす》みの笑みを浮かべながら、弾正を見下す朽縄の姿を思い出した。

生来、弾正は戦などという荒事《あらごと》を好まぬ性格である。生まれた家が武家であり、しかも周辺の土豪をまとめる国人の長《おさ》を父に持ったことが弾正の不幸といえた。

父のように戦を楽しむ狂気など持たず、かといって弟の隆意のように狡猾《こうかつ》な頭脳を有しているわけでもない。

それでも、期待に応えるため、弟に負けぬため、必死に武士としての務めを果たそうと奮闘している。

巉嶄様はいったいなにを考えておられるのか？

よりによってあの獣達を弾正殿の軍に編成するとは。

前を行く弾正の背中が見えてきた。

馬腹を静かに蹴ると弾正の隣に並んだ。

「弾正殿」

顔をうかがう。

「ご気分はいかがにござりまするか？」

あきらかに弾正の顔は青ざめている。

戦に向かう前はいつもこうだ。

緊張の頂点に達し、いまにも倒れそうになるのを必死に堪《こら》えている。

「あぁ」

それだけ答えると弾正は馬を進める。

馬の足並みを合わせながら話しかける。

「この戦で手柄を立てれば、殿も弾正殿を正式な嫡男として家中に御触れになりましょう」

弾正の妻は、弥五郎の娘であった。家中一の保守派と目される弥五郎にとって、鷲尾家の長子である弾正は、当然巘嶄の後継者となるべき存在だった。

二人の子のうち、どちらを己の跡継ぎとするのか？　巘嶄はいままで明言することを避けていた。

結果、家中の急進派に、隆意を次期当主に据えるという動きが起きていた。

保守派の弥五郎にとって、あってはならぬことである。その上、弾正は娘婿なのだ。

弾正を擁護するのは当然といえた。

急進派のなかには弥五郎を、私利私欲に走っていると糾弾する者もいる。

急進派の筆頭は、盟友である堂守兼広だった。

兼広は、隆意こそ次期当主にふさわしいと言って憚《はばか》らない。乱れた世を渡りきるには聡明《そうめい》な当主をおいて他にない。隆意を推す理由であった。

「是非とも弾正殿には、大功を挙げられますよう、拙者も存分にご助力いたします故」

「解っておるっ」

周囲の兵が大声に驚き、振り返る。

「そう語気を荒らげられますな」

弥五郎は、己のあせりを必死に押し殺した。


「大丈夫かよあの小僧？」

大声を聞き止め、振り返る。

己よりも年長の弾正を、十郎太は小僧と呼んだ。数多くの戦場を渡り歩いてきた十郎太にとって、弾正は幼い子供のように見えてしまう。

「大方、爺ぃ《じじ》が余計なことでも言ったんだろ」

鬼戒坊が鼻を鳴らす。

「たしか、この前の戦でも爺さんがお守りしてたよな？」

二人の会話に孫兵衛が割って入った。

「戦場で子守りされなきゃならねぇなんて、可哀想《かわいそう》にな」

「あんた達、大きな声で話してると、聞こえちまうよ」

夕鈴が三人に言うと朽縄を見た。

「あの侍、私達を恨んでるのかも」

「そうかもな」

見るからに未熟な弾正である。侮辱されたことを根に持っていてもおかしくはない。

「後ろから弓を引かれぬよう気を付けねばな」

朽縄は振り返り、弾正を見た。


「伝令」

長く伸びた軍の中央、嶬嶄の許《もと》へ、蹄の音をひびかせながら、伝令の兵士が駆け寄って来る。

「どうした」

堂守嘉近は伝令を呼び止めた。

嘉近は嶬嶄の本隊を任されている。

伝令は馬から飛び下り、嶬嶄の足下へ片膝を立ててかしこまった。

「いかがした？」

嶬嶄が問う。

「我妻の軍勢、沼河郷の東北、朱沢《あけざわ》に陣を張り、我が方を待ち構えておりまする。その数、千五百」

「秀冬《ひでふゆ》め」

嶬嶄が頭を撫でた。

「朱沢は開墾の進んでおらぬ平野にござります。そこに千五百の兵をそろえているとなれば、我妻は正面から戦うつもりでありましょう」

嘉近の言葉に、嶬嶄がうなずく。

「我妻の小倅め。この嶬嶄もあなどられたものよ」

嶬嶄の顔に、戦に臨む喜びがにじんでいた。


「早く来い来い嶬嶄入道ってな」

馬上より望む自軍の陣容をながめ、我妻秀冬は楽しそうに笑っている。

父の死により秀冬が家督を継いだのは十年前である。当時から勇将として周辺諸国をおそれさせていた嶬嶄との戦に明け暮れた十年であった。

元々我妻家は鷲尾家の家令《かれい》だった。鎌倉のころより、鷲尾家の諸事を差配する役目にあった我妻家が、主家である鷲尾家を裏切り、土豪、国人をまとめて領地を得たのは、室町に幕府が開かれる直前のことだった。

鎌倉幕府と、後醍醐《ごだいご》天皇を推戴《すいたい》する武家との争いの混乱に紛れるように、我妻家は独立を果たした。

豊前守護、大友家とよしみを通じる鷲尾家に対し、我妻家は己の身を守るため、大義名分を得るため、近年は周防守護の大内家と被官関係を結ぶに至っている。

鷲尾家と我妻家には祖先より引継いだ因縁があるのだ。

「殿」

背後に一塊の闇が舞い降りた。

「おぉ、帰ったか如雲《じょうん》」

最近雇い入れた忍《しのび》である。紀州《きしゅう》の山里の出で、殺さねばならぬ相手を探して旅を続けている男であった。仇が九州にいるという情報を得、いまは秀冬に雇われながら周辺の諸国を調べて回っている。

「何かおもしろいことでもあったか？」

仇を探すかたわら、他国の情報を知らせる便利な男で、重宝していた。

如雲が秀冬を見る。

「鷲尾の軍二千。間もなく到着する模様にござります」

「やっと来たか」

楽しそうに前方の林を見つめる。

視線の先、木々に覆われた街道から巇嶄はやって来る。恋焦がれた相手を待つ心持ちで、秀冬はまだ見ぬ巇嶄の姿を思い浮かべる。

「真っ向勝負だ」

林を抜けると広大な平野がひろがっていた。

十郎太の視界のはるか前方に、我妻の軍勢が待ち構えている。

「数は互角ってところか」

鬼戒坊が朽縄を見る。

「あとはお互いの采配次第だな」

十郎太は旋龍をもてあそぶ。

「解り易《やす》い戦は好きだぜ」

屈託のない笑みを浮かべた。

「なにをしておる。早《は》よう隊列を組むのだ。敵はすでに布陣を済ませておるのだぞ」

中年の侍大将が怒鳴る。

「うるせぇな。解ってるよ」

毒づきながらも足早に己の持ち場へ急ぐ。

「あんたらも金で雇われたのかい？」

隣を走る粗末な鎧姿の男が声をかけてきた。

「あぁ。そうだよ」

ぶっきらぼうに答えると、なおも男は話しかける。

「今度の戦は相手が我妻だからねぇ。鷲尾の殿様も大層奮発してくれるそうだ」

「そうかい」

銭の話なのだろう。

どうやら男も銭で雇われた身らしい。

「若いってぇのに大変だねぇ」

「なにがだい？」

男は四十前後に見受けられる。

「荒喰《あらばみ》なんざぁ、若い者がやるこっちゃねぇ。あんたは若いんだからこの戦で手柄立てて、立派な侍になるんだよ」

「ありがとよ」

素っ気ない返事をかえす。

「俺ぁいままでなにやっても長続きしねぇ、どうしようもねぇ生き方してきたからこうなっちまった。あんたはまだ若いんだから、いくらでも浮き上がる目はあるさ。な」

余計なお世話だと心の中でつぶやいて、愛想笑いを浮かべた。

「俺は……」

これまでの人生を語ろうとする男に、いい加減うんざりする。

「性根入れて戦わねぇと死んじまうぜ、おっさん。ここは戦場なんだからよ」

きびしい口調で言いはなった。

「あぁ、そうだな」

威圧するような十郎太の言葉に、男は力なく答えると、黙ってしまった。

怖いのだ。

誰かと話していなければ逃げ出してしまいそうになる。

気持ちは解らないわけではない。

しかし戦場で情に流されてしまっては己の身さえ危うい。

銭で雇われ、ただ消費されるだけの荒喰にとって、己の命を守る者は己以外にいないのだ。

十郎太は心を引き締め、眼前の敵をにらみ付けた。


巇嶄の陣を中央に配し、左右各隊が広がっている。

弾正の軍は右翼の先頭にあった。

「この前の戦でも息子を援軍に向かわせて、今日も前線に配置する親ってのは、どういう神経をしてるのかね?」

十郎太は巇嶄の坊主頭を思い浮かべた。

「どちらを自分の跡継ぎに据えるのか悩んでいやがるんじゃねぇか？」

孫兵衛が弓弦《ゆんづる》の調子を確かめながら言った。

「どういうこった？」

「家臣達を納得させられる手柄を立てた方を嫡子にする気でいるんだろうよ」

ほら。孫兵衛は、弾正の陣と鏡合わせになった左方の陣を指さした。

「向こうに見えるのは弟の軍だろ？　条件は一緒。要は手柄を立てた方が勝ちってことだ。弾正の後方は、末崎とかいう子守りが援護をしてるし、弟の後方もおそらく子守りが務めているんだろうよ。子供が危なくなったら、助け船が来るって寸法だ」

「馬鹿馬鹿しいことするもんだな侍ってのは」

「大義名分って奴がなけりゃあ、屁《へ》もできねぇような連中の集まりさ」

普段から侍のような姿をし、いまも足軽同様に胴巻きを着け雷鎚《いかづち》を構える孫兵衛が、侍を揶揄《やゆ》する言葉を吐くことに滑稽さを感じながらも、そんなもんかねぇ、と答えた。

「無駄口は止めろ。始まるぞ」

朽縄の声が耳に届くのと同時に、法螺貝の音が鳴った。

「おおおおおおおぉぉぉぉぉぉっ」

戦場を埋め尽くす兵達の大音声のなか、弥五郎はゆるやかに兵を進める。

前方を進む弾正の軍を目で追った。

「なんとしても勲功を」

弾正の姿を思い浮かべながら語りかけた。

眼前に広がる我妻の軍は、中央を突出させ矢のような形状を成している。

鋒矢《ほうし》の陣である。

鶴が翼を広げるように陣を構える我が方の鶴翼《かくよく》の陣とは極めて相性の良い布陣だ。敵が本陣めがけて突進してくるところを左右の翼で覆い、退路を断って殲滅《せんめつ》する。

「この戦は我が方の勝利。策のとおりに戦えばきっと手柄はございますぞ」

弥五郎の言葉に反するように、弾正の軍勢があわただしく動きはじめた。

「単調な攻めだ。これでは負けに来るようなもの」

少しずつ我妻の軍勢へ接近しながら鬼戒坊が言った。巇嶄の本陣へ一直線に突き進む我妻の軍を、左右の翼が徐々に包み込もうとしている。

「何か策がある。このままでは退路を断たれることぐらい、解っているはずだ」

敵の動きに無気味さを感じながら、朽縄がつぶやいた。

その時だった。

「突撃じゃあ」

後方から弾正の声が聞こえた。

「まずい」

嘉近が叫んだ。

弾正が我妻軍へ突っ込んだのだ。包囲が整わぬまま、仲間の軍勢を引き離すように弾正の軍は敵軍へ突出した。すると、まるで待っていたかのごとく、我妻軍が突き出した弾正めがけて素早く反転したのだ。

「馬鹿が。功をあせりおって」

吐き捨てるように巇嶄が言った。

「このままでは弾正殿が危のうございます」

「捨て置け」

冷淡に巇嶄が言い切った。

「功を逸《はや》って統率を乱す者の末路を皆に知らしめる良い機会ぞ」

我が子を冷淡に見捨てる巇嶄の姿に、嘉近は嫌悪感を抱く。

「我妻はこちらの軍を分断させる気だ。誘いに乗れば全滅するのは目に見えておる。弾正の軍を囮《おとり》として、もう一度我妻を包囲するよう、全軍に伝えい」

嘉近は巇嶄に一礼すると場を後にした。

「こりゃあまずいぜ」

見事な我妻の用兵に、十郎太は感心していた。それに比べ、自軍の大将の短慮たるや。おそらく我妻は、巇嶄めがけて突出すると見せかけ、退路を断って勝利を確信する鷲尾軍の手薄になった場所へ、全軍でぶつかる気だったのだ。

絶好の機会を、弾正はみずから敵に与えてしまったことになる。

いまだ包囲するに及ばぬ状況で突出し、味方と離れつつある弾正の軍は、我妻にとっては格好の獲物であった。

おそるべき速さで、敵が襲いかかってくる。前方では兵同士がぶつかり合っている。

三百対千五百だ。

敗北は決まっている。

「まったく、戯者《たわけもの》のせいで面倒臭《くせ》ぇ仕事になっちまいやがったぜ」

十郎太は旋龍をにぎり締め駆け出した。

威勢のいい背中に、朽縄がうなずく。蛇衆として数え切れぬ戦を経験してきた朽縄達にとって、この程度の困難な状況は大して珍しいことではない。しかし経験浅い大将にとっては、致命的であろう。

朽縄も拳をにぎり、敵兵に向かって走り出した。

六

弾正軍はいまや混乱の極致にあった。

敵に完全に包囲され、骸の山を築きながら全滅する時をただ待つのみ。

「斬っても斬っても涌《わ》いてくる」

血河《けつが》を縦横に振るいながら夕鈴が叫ぶ。

「ったく。この混戦じゃあ、こいつの出番はねぇぜ」

孫兵衛は雷鎚を背に差し、敵から奪い取った槍で応戦する。

「ほいほいほいほいほいほぉいっ」

弾むような声を上げながら十郎太が敵を貫いていくなか、無明次の手から銀の雨が敵めがけて降り注ぐ。

「なんとか後続の隊との道を作らねぇとな」

鬼戒坊が朽縄を見る。

「あぁ」

右の拳を突き出し、次の瞬間には左。左右の拳を敵の顔面に的確に放ちながら、巧みに攻撃をよける。足下には顔面を陥没させた敵の骸が幾重にも折り重なっていた。

激しい敵の猛攻を受けて混乱する味方のなかで、蛇衆だけが冷静に周囲を敵の骸で埋め尽くしていく。

朽縄がなにかを見つけ走り出した。

「朽縄」

鬼戒坊が叫んだ。すでに朽縄の姿は、敵の波に呑み込まれようとしている。

「いかん。朽縄の退路を確保しろ」

鬼戒坊が砕軀《さいく》の回転を、朽縄の走り去った方向へ向ける。

前方に立ちふさがる敵が押し潰された。

呼応するように十郎太の旋龍《せんりゅう》が回転を速め、割れた敵へ突進する。二人によって押し広げられた敵の波を、夕鈴の血河がさらに切り開いた。

無明次の刃《やいば》と、孫兵衛の矢が飛び交った。

朽縄の去った先へ蛇衆の牙が突き立つ。

敵を抜け、全力で走る朽縄の姿が瞬《また》く間に消えていく。

「兄者ぁ」

十郎太が朽縄の背中に向かって叫んだ。

立ちはだかる敵を打ちたおしながら、朽縄が弾正へと向かう。

行く手をさえぎる兵の間から、朽縄の姿が見える。

必死に馬にしがみつき、なんとか敵の猛攻をしのいでいる弾正の姿が、十郎太の目に入った。

眼下を敵に囲まれた顔は、もはや死人のように青ざめてしまっている。

朽縄が思いきり跳んだ。

敵の頭を踏み台にし、もう一度跳んだ。

「弾正っ」

十郎太のもとまで朽縄の声が聞こえた。

見上げる弾正の顔が呆然と固まっている。

空中で敵の顔を蹴り上げる。

「死にたくなければついて来い」

弾正は目を白黒させている。

朽縄の手が手綱をにぎると引っ張った。

「なにをしている。馬を走らせろ」

叫び声が弾正の尻を叩く。

なんとか状況を理解したのか、弾正が馬を走らせた。

二人が十郎太に背を向けて走り出した。

兵の波に呑まれ、二人の姿が消えてゆく。

向かう先に弥五郎の旗がはためいていた。

「なにがあっても弾正様をお助けするのじゃ」

弥五郎の怒号が隊内にひびき渡る。

巉嶄の命にしたがい敵軍を包囲するように兵を進めながら、後続の軍が包囲網を形成しようとしていることを確認すると、我妻軍の側面めがけて突撃をかけた。

しかし、周囲からの攻撃も当然予測していた我妻軍は、なかなか崩れない。

力押しに押した。

何があっても弾正を死なせるわけにはいかない。

直黒《ひたぐろ》き渦に向かって幾度も攻撃を仕掛ける。

「兄者ぁ」

十郎太は何度も叫んだ。

向かった先は解っている。いま馬上で必死に逃走を試みている弾正の足下に朽縄はいるはずだ。
全身が敵の返り血で紅に染まっている。
周囲で戦う仲間達の身体も赤い。
五匹の真紅の蛇が、己の身で地獄絵図を描きながら前へ前へと進む。
視界に一体の骸が映った。
思考が止まる。
「どうした？」
鬼戒坊が語りかける。
「いや」
横たわっていたのはさきほどの男だった。
恐怖にひきつり大きく目を見開いた男の骸。瞳にすでに光は灯《とも》っていない。
だから言ったんだ。
ここは戦場だと。
弱い者は死んでいく。
無情な狂気が支配するこの地で、弱さを見せたら死んでしまうのだ。
明日の俺だ。
男の骸が、我が身のように思え、十郎太の心が一瞬ゆらぐ。

「しっかりしろ十郎太」

心の隙をつくように鬼戒坊の叫びがとどろく。

そうだ。

弱さを見せれば死ぬ。

「なんでもねぇ」

十郎太の旋龍が数瞬の静寂からよみがえった。

「走れ。走れっ」

叫びながらも朽縄の手足は止まらない。

敵を投げ倒し、次の瞬間には足が別の頭部を捉えている。

蹴りを放ち、回転した身体が後方めがけて拳を放つ。

なんら武器らしい武器を持たず、身に着けているのは大振りの手甲《てっこう》と、わずかな鎧《よろい》のみ。

全身のありとあらゆる部位で戦う。

頭で頭蓋を砕き、肩で胸を打ち、肘で鼻を削《そ》ぎ、拳で顔を潰し、膝で股間を割り、脚で膝を折る。

身体を縦横に駆使しながら血路を開く。

全身にこびりついた敵の肉片が湯気を放ち、血腥《ちなまぐさ》い臭いが身体から沸き上がる。

弾正は朽縄の背中に、禍々しい死臭を放つ蛇を視《み》た。

眼前に槍が伸びる。

「ぼやぼやしていたら死ぬぞ」

朽縄が檄《げき》を飛ばす。

「何をもたもたしている」

秀冬の顔から明るさが消えた。

連係を崩して突出した、暗愚な将の率いる軍だと侮《あなど》っていたはずの敵を崩せずにいる。それどころか周囲を敵の軍勢に取り囲まれはじめている。

千五百対三百、五倍もの兵力差がある。

戦は数ではないと言う者もいるが、やはり戦は数である。多い方が勝つ。五倍もの兵力で攻めながら、最後の一手を打ち切れぬ。

いったい、なにが起こっているのだ？

焦りは頂点に達しようとしていた。

その時である。

「背後より急襲」

大きな舌打ちとともに、背後にせまり来る敵を見た。

「ほう」

目を輝かせながら戦の成り行きを巇嶄は見つめる。

視線の先にあるのは弾正ではなかった。

弾正の退路を切り開く一人の男の姿を捕らえている。

「あれはこの間の荒喰《あらばみ》か？」

堂守嘉近にたずねる。

嘉近が目を凝らす。

たしかに蛇衆の者。

しかもあの男は。

「たしかに先日の荒喰の仲間にござります」

「名は？」

嘉近が顔をわずかにしかめる。

興味を抱かぬものに対しては恐ろしいまでに冷酷な男。それが巇嶄である。

反面、興味を示したものに対する執着は、常人には計り知れぬほどに激しい。

「たしか朽縄と申しておりました」

「朽縄？」

変わった名にいぶかしげな表情を浮かべる。

「蛇に育てられた故、朽縄と名乗っておるなどと、たわけたことを申しておりましたが」

忘れるはずがない。

あの男のことは知っている。

「蛇に育てられたとな」

笑みを浮かべながら、巇嶄の目は朽縄を注視したまま動かない。

「朽縄か。あやつ弾正を守り通せるかのぅ」

「さて」

己の息子の命よりも、異能の才に惹《ひ》かれている巇嶄の姿に、嘉近はただ口ごもるだけだった。

幾許《いくばく》なりとも道が開ける。

多くの犠牲を払いながらも、弥五郎の軍は我妻軍の側面を削っていく。

「弾正様」

叫ぶ。

弾正に届いていることを願いながら。

弥五郎の青い旗が近付いてくる。

驚異の体力で、朽縄は道を切り開いていく。

朽縄の後方に骸の道ができている。

毒蛇にすがりながら、弾正が必死に馬を進める。

「弾正様」

はるか前方から弥五郎の声が聞こえた。


五人はなおも戦っている。

弾正の姿が目前にせまる。

徐々に後方から味方の軍も近付いてくる。

「兄者ぁ」

叫んだ。

十郎太の行く手をさえぎっていた敵の群れが、背後から崩れた。

血に濡れた朽縄の姿があらわれた。

「無事だったか?」

鬼戒坊が笑みを浮かべる。

「なんとかな」

安堵《あんど》の表情を浮かべながらも、夕鈴の血河が動きを止めることはない。

「朽縄」

「行くぞ」

後方を指さしながら無明次がうながす。

朽縄は歩みを止めることなく、合流した仲間とともに味方の旗をめざし、進みはじめた。

「こっちだ。走れ」

弾正の馬を囲むように、六匹の蛇は円陣を組んだ。

目の前の敵が大きく弾けた。

悲鳴とともに薙ぎ倒された我妻の兵達。それをかき分け一匹の鬼が弥五郎の前にあらわれた。

狂言の武悪《ぶあく》のごとき形相で敵を砕く姿は、地獄の亡者を引き据え針の山を闊歩《かつぽ》する鬼。

総身を唐紅《からくれない》に染め、手ににぎられた金棒にもはや人の形をとどめぬ肉塊をこびりつかせた悪鬼は、弥五郎を認めると顔を綻《ほころ》ばせた。

「やっとたどり着いたか」

鬼戒坊が切り開いた敵の群れから、つぎつぎと蛇衆の面々が飛び出して来る。

中央にめざす相手はいた。

「弾正様」

馬を走らせた。

血に染まり呆然と弾正は馬に跨《また》がっている。

表情は生彩を欠き、憔悴《しょうすい》しきった姿は、潜《くぐ》ってきた修羅場を全身で物語っていた。

「弥五郎？」

周囲で繰り広げられている戦いを忘れたように、弾正はつぶやく。

背後に迫る敵の矢を夕鈴の血河が斬り飛ばした。

反応する気力すら失せた弾正。いや、周囲を守る者達に絶対の信頼を寄せている安心がそうさせるのか。

「殿」

弾正の身体を抱き寄せ、己の馬へ引き寄せる。

「弥五郎……」

弾正はうわごとのように繰り返す。

目に涙を溜めながらうなずくと、素早く弾正を己の馬に乗せ、朽縄達を見下ろした。

「汝等《うぬら》の働き、この末崎弥五郎が見届けた」

巘嶄の待つ本陣めがけて走り去った。

「やれやれ」

旋龍で敵を貫きながら十郎太は溜息を吐く。

「子守りは終わった。もう一働きするぞ」

鬼戒坊の砕軀も唸《うな》りを止めない。

「こういう仕事は苦手なんだよ、まったく」

孫兵衛が肩に手をやりながら顔をしかめた。

錐《きり》を突き刺すような隆意軍の鋭い攻撃に、我妻秀冬の額を冷や汗が伝う。

「くそっ、攻撃が速すぎる」

背後から素早く突き刺された細く磨かれた刃は、本隊深く達しようとしていた。

好機を逃さぬ突撃に、味方の軍は混乱する間もなく、みるみるうちに一直線に切り裂かれようとしていた。

背筋を蜈蚣《むかで》のような悪寒が走る。

「殿。このままではお命が危のうござります」

「解っておる」

側近の声に、明るさの消え去った怒声を浴びせる。

普段とは違う秀冬の姿に、周囲の兵達が驚いている。

「引け。引くのだ」

鷲尾の兵がここまで精強だとは思いもしなかった。

各個撃破で敵を攪乱《かくらん》しながら巇嶄の待ち構える本隊を襲う。

勝てる自信はあったのだ。

なのに。

どこで間違えたのか？

敵の突出自体が罠《わな》だったのか？

さまざまな思いが頭をめぐる。

背後にある巇嶄の本陣を背中に見る。

「その命預けておく」

憎々しげに吐き捨てると、秀冬は己《おの》が城めがけて馬を走らせた。

七

我妻秀冬との戦は痛み分けに終わった。

戦が終わったあとも、鷲尾と我妻の国境付近では相変わらず土豪同士の小競り合いや、百姓達の田地用水の奪い合いなど、争いが絶えなかった。

我妻との戦からひと月が経とうとしているが、仕事を終えた蛇衆の面々はいまも鷲尾領に留まっている。

「爺さんよぉ。いったい何時《いつ》になったらここを出られるんだ？」

宿の板間に寝転びながら身体を揺らす十郎太に、宗衛門が顔をしかめる。

「鷲尾が金を出さぬのだ」

「どうして？」

困り顔の宗衛門に、砕軀を磨きながら鬼戒坊がたずねる。

「解らん」

「解らねぇ？　あんたらしくない言いようじゃねぇか」

「面目ない」

白髪頭を荒々しく掻《か》いている。

孫兵衛は今日も昼日中《ひるひなか》から酒を片手に城下をふらついている。

「こんな田舎の城下で楽しみと言やぁ、これと博打くらいのもんだろ？」

うんざり顔でそう言い残したまま、昨日から帰って来ない。

無明次も三日前から宿に帰っていない。普段から無口なうえ、己のことをいっさい語らない。いったい、外でなにをしているのやら。

湿っぽい安宿の空気を厭《いと》い、夕鈴も散歩と称して出て行った。

朽縄の姿も、いつのまにか消えている。

宿に残っているのは十郎太と鬼戒坊の二人と宗衛門だけである。

「城へたびたび足を運んではおるのだが、巘嶄殿も家中の方々も忙しいと門前払いばかりでなぁ」

宗衛門の困惑に、十郎太と鬼戒坊は互いの顔を見合わす。

いままで侍との交渉を幾度もこなしてきた宗衛門である。朽縄達に仕事を斡旋《あっせん》し、報酬を受け取る。戦が終われば次の戦場をめざして旅の指針を定める。どこで情報を得ているのか十郎太には予測も付かなかったが、宗衛門は京より西の諸国の情勢にやたらと詳しかった。馴染《なじ》みの侍達に、宗衛門は鴉《からす》と呼ばれている。

戦の臭いを嗅ぎ付け、骸目当てに空を舞う黒き鴉。

「また鴉めがあらわれおったか」

見下した言葉を浴びせられても、にこやかに一礼し、仕事を得る。

老獪《ろうかい》なはずの宗衛門がまいっていた。

「踏み倒す気じゃねぇか？」

寝転がる十郎太の頬がふくれている。銭を貰えなければ誰があんな目に遭うか、という態度である。

「しかし半金は貰っているんだろう？」

「それじゃあ足りねぇよ」

鬼戒坊の言葉に素早く返す。

「昼間からごろごろしているお前が、そんなに銭を持ってなにに使う？」

「お互い様じゃねぇか」

にらみ付けると起き上がり、銭の問題じゃねぇよ。そう言いはなって旋龍を構えた。

「こりゃあ俺達の意地の問題よ」

「意地？」

宗衛門が十郎太の顔をのぞき込む。

「あぁ、意地よ。このまま泣き寝入りなんてことになってみろよ。そうなりゃあ、田舎の侍に俺達がなめられちまったってことになるじゃねぇか」

「それほど大層なもんかね俺達は？」

欠伸《あくび》とともに鬼戒坊が言葉を吐き出す。

「なんだと？」

「そうじゃねぇか、俺達はしょせん荒喰《あらばみ》よ。雇われて戦場に出る。どれだけ手柄を上げようと領地を貰うわけでもなけりゃあ、主君に仕えるわけでもねぇ。侍にしてみりゃあ俺達なんざ、領内の百姓なんかよりもずっと軽い存在だってこった。俺達の意地なんて言ってみたところで、笑われるだけだぜ」

十郎太の顔が紅潮する。

「やい鬼戒坊っ。お前《め》ぇはなめられても平気なのかよ」

板張りの床を踏み付けた。

「止《よ》せ。床が抜けるぞ」

宗衛門がたしなめる。安宿の粗末な床である。勢い込んで地団駄を踏めば抜けてしまうほど傷んでいる。

「十郎太」

神妙な面持ちで、鬼戒坊が砕軀を見つめる。

「なんだよ」

「お前ぇは侍になめられたくねぇのか？」

「当り前だ。たまに戦に出て『俺は侍だ』なんて威張りちらしてる奴等よりも、何倍も修羅場を潜ってきてるんだ。あんな奴等が百人かかって来たって負けやしねぇ」

「侍になめられたくなけりゃあ」

きびしい視線が、真っ赤に充血した十郎太の目をまっすぐに射抜く。

「侍になれ」

息を呑む。

「どうした？　こんな世だ。下賤な者でも腕次第で侍になれる。誰も止めやしねぇ」

「俺は侍になんかなりたかねぇ」

「だったらそんな安い面子《メンツ》なんか持つんじゃねぇよ。そんなもんに縛られてたら早死にしちまうだけだぜ」

どこか寂しげな表情で鬼戒坊は十郎太を見る。

畜生っ、と大声を張り上げて十郎太は座った。

昼間の安宿に三人以外の人影はない。

寒々とした沈黙が場を支配する。

静寂を破ったのは宗衛門だった。

「いま次の仕事にあたっているところだ。儂《わし》ももう少し粘ってみるつもりだが、お前達には仕事が見付かり次第、そちらに向かってもらう。それまで辛抱しちゃくれねぇか、十郎太？　銭は心配しなくて良い。お前達にはちゃんと仕事に見合った銭は渡してやる」

「まぁ、宗衛門の父っつぁんが粘ってみるって言ってるんだ。もう少しこの田舎でのんびりするってのも悪くはねぇんじゃねぇか？」

鬼戒坊が顔色をうかがう。十郎太は黒ずんだ床を旋龍で突きながら舌打ちすると「だから銭の話じゃねぇって言ってんだろ」と小さくつぶやき寝転がった。

鷲尾城ではある噂が流れていた。

先の戦で弾正を救出するという戦功を上げた荒喰達を、巘嶄が足留めしているというのである。

しかも噂はそれだけに留まらなかった。

荒喰の頭目と目される男が、三十年前に病死したはずの巘嶄の子供ではないか？　とまことしやかにささやかれているのだ。

「御主、この間の夜のことを誰かに話したのではあるまいな？」

「末崎殿こそ、誰かに話されたのでは？」

城内に流れる不穏な噂を耳にした堂守嘉近と末崎弥五郎が、人気《ひとけ》のない城内の一室で密《ひそ》かに語り合っている。

「奴が沼河におったことを知っておるのは御主だけ。なれば御主以外、誰があのようなことを」

「末崎殿も存じておられましょうに」

嘉近はあきらかに糾弾するような姿勢である。

「た、たわけたことを申すな」

声を荒立てた。

「誰が聞いておるか解りませぬ。お静かに」

いたって冷静な言葉で、嘉近が答えた。

「たしかにあやつらを引き止めよと申されたのは嶬嶄様よ。それは事実じゃ。しかしあの朽縄が嶬嶄様の息子だなどと。いったい誰が」

「末崎殿」

暗い炎が嘉近の瞳に灯る。

「末崎殿はなにか隠しておられますな？」

確信を持った口調に、動揺を隠せない。武人として生きてきた弥五郎は、政治めいた小細工が苦手だった。

「なにを馬鹿な」

「いくら言葉でごまかそうとしても、顔が語っておられまするぞ」

きびしい視線に射抜かれ、心が大きく揺れた。

「いったい、なにを隠しておられる？」

「言えぬ、決して」

首を大きくふる。

「なりませぬ」

なおも詰め寄る嘉近。弥五郎は力強い圧力に必死に耐える。

「末崎殿と拙者はもはや一蓮托生《いちれんたくしょう》。噂の発端となる事実を知っておるのは拙者と末崎殿だけ。そのうえ、奴を検分したのもこの二人。嫌疑がかかる時、一方がなにかを隠しだてしているとなれば」

疑われるのがどちらかはお解りでしょう？　見つめる嘉近の姿をこばむように、弥五郎は身震いしながら目をつむった。

「言えぬ。言えぬのじゃ」

戦場の緊迫感とは違った、室内を満たす張り詰めた空気に、溺れそうである。

激しい葛藤が読み取れるくらいに、弥五郎の顔は強張《こわば》っている。

しばしの沈黙の後、固く閉ざしていた口を開いた。

「絶対に」

か細い声をしぼり出す。

「絶対に他言無用じゃぞ」

歴戦の猛者《もさ》の片鱗《へんりん》をのぞかせる眼光で見つめると、嘉近は小さくうなずいた。

大きく息を吸い込み、心を決め語り出す。

「三十年前……すべては三十年前に始まったのじゃ」

弥五郎の記憶が燃え盛る炎のなかへ堕《お》ちていく。

「儂と蟻斬様は、百姓を煽動《せんどう》しておるという巫女《みこ》の一団が住まう社を焼き討ちした」

真剣な面持ちで、嘉近が話を聞いている。

「その巫女は先のことを見通す力を持つと言われておった」

「先のこと？」

「いまだ起こっておらぬ、これから起こることを言い当てる力じゃ」

「まさか」

「実際その力を信じ、周辺の百姓達は巫女を祭り上げ、徒党を組んでおった。放置しておれば、一揆が起こるのは時間の問題であった」

炎を見つめながら悲嘆に暮れる百姓達の姿を思い浮かべる。

「巫女とその一団を根絶やしにした。その時、一人の男が奇妙なことを蟻斬様の前で口にしたのじゃ。巫女が最期に残した予言を」

そやつは蛇じゃ。人を喰らう蛇じゃ。どこまでも冷たく、どこまでも執念ぶかい。漆黒の蛇。その赤子は御主を呑み喰らう蛇となる。

「そう言い残し男は死んだ。当時、巉嶄様には生まれたばかりの御子がおられた」

弥五郎は躊躇《ちゆうちよ》するように一瞬口ごもったが、もはや嘉近に語ると決めた以上、すべて語ってしまおうと、再び口を開いた。

「巉嶄様は、子を殺せと儂に命じられたのだ」

「そんな馬鹿なことが」

「まことじゃ。儂は城へ帰ると奥方の許へ向かい、まだ赤子であった御子を渡して下さるよう、お頼みした」

「法真尼《ほうしんに》様に？」

法真尼とは巉嶄の正室の名である。巉嶄とともに出家した時から法真尼と名乗っている。

「左様。しかし、いくら巉嶄様の命とはいえ、乳飲み子を渡すことを法真尼様が簡単に承服なされるはずもなく、儂は仕方なくすべてをお話しした」

夫が我が子を殺せと命じたことを知った法真尼の心を思い、嘉近は言葉を失う。

「法真尼様は儂に御子の命を救うように必死で懇願なされた。儂のような家臣に向かって頭を床に擦り付け、御子を抱いたまま涙ながらに懇願なされたのじゃ」

目頭が熱くなる。

「儂は、沼河の家老、疋田伝蔵《ひきたでんぞう》と昵懇《じっこん》の間柄じゃった。疋田と通じ、密かに代わりの赤子を仕立て、曦嶄様と法真尼様の御子を、沼河為次《ためつぐ》殿の次子として育ててもらうよう頼んだのじゃ」

嘉近の先日の言葉と、弥五郎の話がつながった。

「しかし七年後、沼河は落城。疋田も死に、為次殿と一族はみな自害なされた。儂はそのとき、別の戦の最中であった。沼河城が落ちたと知ったときには、もう遅かった。曦嶄様の子も死んだと思うた。それが」

眉根に皺《しわ》を寄せる嘉近は、考え込むように黙っている。

「御主が、奴は為次殿の次子じゃと申した。それは、まさに曦嶄様の御子。儂が法真尼様と二人で密かに逃がした御子」

目に熱いものが込み上げる。

「あの子は呪われておった。曦嶄様を喰らう呪われし子。しかし生きておった」

脳裏に朽縄の顔が浮かぶ。戦場を縦横無尽に這《は》いずり回る、一匹の黒蛇の姿が、頭を支配する。

「奴は己のことを朽縄じゃと申しておった。蛇に育てられた名もなき蛇じゃと。そして、あの時の子もまた蛇」

「まさかそのようなことが」

「儂も信じたくはない。信じたくはないが、偶然と呼ぶにはあまりにもさまざまなことが符合しておる」

頭のなかで、朽縄が冷たく微笑みかける。

全身の力が抜け、倒れこみそうになるのを必死に堪えると、大きく息を吸った。

「鷲の翼に蛇が喰らいついておる」

嘉近に語るでもなくつぶやくと、立ち上がった。

「ちと用を思い出した。儂は先に失礼する」

「どうなされた末崎殿？」

定まらぬ視線のまま、足はすでに障子へ向かっている。

呆然と見上げる嘉近を残し、弥五郎は部屋を去った。

「やっと銭を出したか」

宗衛門のにぎる革袋を見つめながら、十郎太が言った。

「ずいぶん貰ってきたな。待たせた分も上乗せされてんじゃねぇか」

珍しく宿にいた孫兵衛も袋に夢中である。

金を貰ってきたというのに、宗衛門の顔が曇っている。察して朽縄が口を開く。

「どうした？　なにかあったのか」

宗衛門が大きな音をたてて座った。

夜の宿である。

広間の脇に仕切られた寝床のなかで、人足が顔を上げた。

周囲の様子など気にも止めず、宗衛門が朽縄達を見まわす。

無明次は今日も帰っていない。

「金は出た。しかし、許しがあるまで鷲尾領を出ることは禁ずるそうだ」

「なんだそりゃ？」

十郎太の視線が宗衛門を咬《か》んだ。

八

茶褐色の町並みが蒼天《そうてん》の下にひろがる。
行き交う人々はおのおのの目的に向かい、まっすぐ歩いている。
品物を売ろうと商人が、道行く人に声をかける。
どこからか職人のふる木槌《きづち》の音が聞こえてきた。
みんな枠のなかの人間なんだ。
十郎太は心につぶやいた。
鷲尾山の麓にひろがる城下町を、十郎太は鬼戒坊とともに歩いていた。
百姓らしき男がすれちがう。手にする鍬《くわ》の刃がぼろぼろである。
あの百姓も、職人も、商人も、ここで暮らす者達はなんらかの役を課せられている。
百姓達は米と、戦の折の雑役を。
職人達は己の作った品物を納めることを役とし、商人は金を城に納める。

みな、嶬蕲や家臣に対して役という名の税を払い、自分の身分と生活を保証されている。

百姓には百姓達の郷《ごう》という群れがあり、職人には同じ業種の職人達で作る座という群れがある。商人達は商人株を手に入れ、群れに入らなければいけない。

武士には被官という主従関係で作られた群れがある。

武家が役を納めさせ、集団を認めることで人々を支配する。

それぞれの集団が互いに規範を持ちながら群れを作る。

すべての者達が個人でありながら集団である。

武士のように役を納めさせる立場であろうと、役を納めて支配される立場であろうと、群れという名の国に生きていることに変わりはない。

役を納めずとも生きることはできる。

ある者は芸を売り、ある者は説法をし施しを受け、ある者は田地を持つ百姓に雇われ、または物乞いとして生きる。

何者にも拘束されない自由を得る代わりに、払わねばならない代償がある。

それは、はぐれ者という名の烙印《らくいん》だ。

苦しいことは皆で分かちあう。

役を負担しない者は無責任な者、自分勝手な者、社会で生きることのできぬ者だと群れの人々からは見なされる。

封建的な世で個人を押し通すことは、悪なのだ。

戦場での蛇衆の立場が良い例だ。

みな、主君のため、領地のため、家族のために戦っている。

戦場に、銭を求めてやってくる者に対する周囲の目は冷たい。

十郎太に無遠慮な視線が突き刺さる。慣れてしまったとはいえ、それでも不快な気持ちになることはあった。

城下を歩く者達は枠内にいて、俺は枠外の人間なんだ。

威勢のいい声を上げて客を呼ぶ男や、子供の手を引いて歩く母親の姿、せわしなく通りすぎる人々を見やりながら、少し感傷的になった。

「どうした？　元気ねぇな」

鬼戒坊が微笑む。無精髭におおわれた顔にすすけた僧衣、砕軀を持たぬ姿は、乞食坊主と間違われてもしかたない。

粗末な姿に十郎太は思わず笑った。

「人の面《つら》見て笑うたぁ、失礼千万な」

「笑われるような顔してる父っつぁんが悪《わり》ぃんだろ？」

なんだと。と鬼戒坊は怒鳴ったが、目は笑っている。

鬼戒坊は父のような存在だった。

父の顔を知らない。母に抱かれた記憶もない。物心ついた時には生きることに必死だった。

戦で親を失った子供など、いまの世に掃いて捨てるほどいる。

親のない子供達が弱い力を寄せあうように群れつどう。

十郎太も群れのなかにいた。

盗みを働き食い物を得る。食い物が見つからぬ時は、野辺に捨てられた死んで間もない骸を皆で喰らった。弱った仲間を犠牲にしたこともある。そして十郎太は少年へと成長したのだ。

生きる。

それがすべてだった。

なんのために生きるのか考える余裕はなく、ただただ毎日の命を繋《つな》ぐことに必死だった。

大人《おとな》に負けぬ体力がつくと戦場に出た。雑役、足軽、人の嫌う仕事はなんでもやった。若い健康な男が必要とされ、食い扶持《ぶち》にあずかることができる。十郎太にとって戦場とはそんな場所だった。

雑役として出陣していた戦場で朽縄達と出会った。

十五のころだ。

戦を求めて旅をする奴等がこの世にいる。なかば強引に仲間になった。

あれから三年が経った。

十八になっていた。槍の使い方は無明次に学んだ。しかし実戦に勝る修練はない。命を削る戦いを繰り返すことで、槍は鋭さを増していった。最初は仲間達の足を引っ張っていたものの、いまではそんな引け目はない。

「あのさ」

「ん？」

鬼戒坊は前を向いたまま答える。

「なんで父っつぁんは兄者と一緒に戦うことになったんだ？」

蛇衆は当初、宗衛門と朽縄、鬼戒坊の三人で始まったのだと聞いていた。

「なんでそんなことを聞く？」

「なんでって」

昔のことを思い出したからなどとは言えない。

誰にだって過去はある。

蛇衆の仲間のそれは、人に話せるようなものではない。

話すことのできる真っ当な昔を持っているのならば、こんな仕事をしているわけがない。

仲間の過去を詮索しない。

蛇衆の暗黙の了解だった。

「俺はある寺の僧兵だった」

鬼戒坊が突然語り出した。

殺生を禁じる仏僧が、武力を持つ。矛盾することではあるが、御仏《みほとけ》に仕え世俗と隔絶することで法の埒外《らちがい》に置かれた諸寺にとって、寺を守るために武力を持つことは当然の成り行きともいえた。腕に自信のある僧は、世俗の勢力との戦や、荘園領地での治安維持のため、武力を振るった。

「俺は赤子の時に寺の山門に捨てられていた。だから親の顔は知らない」

俺と同じだ。

「それでも親がどんな奴だったのかはなんとなく解る」

「どうして？」

この身体さ。と力瘤《ちからこぶ》を作った。血管の浮き出た鬼戒坊の二の腕は、丸太のように太い。

「俺の人並みはずれた力は生まれつきだ。餓鬼のころから大人と相撲をとって勝つくらいだ。当然、おなじ年頃の餓鬼なんか相手にならねぇ。たぶん俺の親は頑丈だったんだろうよ」

鬼戒坊が目を細めた。

「寺で育てられた怪力の俺が、僧兵になるのは当り前のことだった」

「なんで寺を出て蛇衆に？」

「仏法を護持するはずの僧が、人を殺《あや》めることに嫌気がさしてな」

顔に翳《かげ》りが見える。なにがあったのかは知らないが、決して語れぬことが鬼戒坊の身に起こったのであろう。

「寺を出て諸国を流浪していた時に、宗衛門と知り合った」

昼時の町は一層賑《にぎ》わいを増している。

「爺さんはそのころから変わった物を商っていたらしい」

「変わった物？」

鬼戒坊が肩をすくめる。

「俺にも爺さんが何を商っておったのかは解らん。ただ、だいぶん危ない橋を渡っておったのは事実だ。爺さんは物騒な連中に追われておってな。俺が助けてやったのよ」

「爺さんも得体が知れねぇな」

「商いの話はしたがらなかったからな、爺さんは」

鬼戒坊は話を続ける。

「しばらく一緒に旅をした。別にどうという旅ではない。爺さんが商いをする町へ出向く。そしてまた違う町へゆく。俺も別段行く当てがあったわけじゃねぇから、爺さんに誘われるまま、旅を続けていた。その道中で朽縄と出会ったのよ」

「兄者に？」

鬼戒坊が父代わりならば、朽縄は兄だった。寡黙ながら誰よりも頼りになる兄の姿を思い浮かべる。

「丁度、朽縄の親父……この間、朽縄が話していた大蛇《おろち》って男だ。親父が死んだ直後のことだった。爺さんは大蛇って男と長年付き合いがあったらしく、朽縄のことを頼まれていたようだった――」

鬼戒坊が道を逸《そ》れた。

後を追う。

歩く先には小川が流れている。

鬼戒坊は川原に腰をおろした。

隣に座る。

「朽縄はそのころからすでに朽縄だった」

言っている意味がいまひとつつかめない。

鬼戒坊が言葉をおぎなう。

「もう十年も昔だ。あいつが二十歳そこそこのころだ。なのに、奴の体術はすでに完成されていた。大木に何度、拳を叩きつけようと、どれだけ蹴りを放とうと、奴の身体は砕けねぇ。大蛇って男は、あいつを相当鍛え上げたんだろう」

草花のなかへ寝転がる。

「朽縄の住処《すみか》でのことだ。爺さんが蛇衆の話を語ったのは。金で戦を請け負う。そんな商売がしたいとな」

宗衛門のにこやかな顔が浮かぶ。

「そのころやっていた商売に嫌気がさしてきたところだって言ってたな。常に緊張してなきゃいけねぇ性分なんだとよ。よく解らねぇが、まったく謎の多い爺さんだぜ」

「じゃあ、父っつぁんは皆が仲間になった事情を知ってるってことか？」

鬼戒坊がけわしい表情になる。

「知ってはいるが、俺の知っていることがすべてじゃねぇよ。仲間の過去の詮索なんざぁ、良い趣味とは言えねぇな」

「べつにそんなことは」

「十郎太」

十郎太を見つめたまま、鬼戒坊が大きく息を吸った。

「お前最近変だぞ。どうした？」

「変？」

「あぁ。この間、俺が侍になれって言った時からだ。迷っているのか？」

当らずとも遠からずである。

迷っていた。別に蛇衆を抜けたいわけじゃない。侍になりたいと思っているわけでもない。

しかし、迷っている。

なにを迷っているのかと聞かれても答えられぬ悩みである。

一言でいうならば、己の存在に対する迷いだった。

侍ではないが、戦に出れば一騎当千の兵であるという自負はある。

手柄を立てて侍になる。

大名と呼ばれた者が滅び、戦で勝った者がその座を奪う。力で他者から富と名声を奪い取るのがいまの世なのだ。

下賤な者でも戦功次第では侍に取り立てられることも可能だ。

心のなかで鬼戒坊の言葉が揺れていた。

「前にも言ったな？　侍になりたきゃなれば良い。誰も止めはしねぇよ」

「冷てぇな」

思いをそのまま言葉に乗せた。

「仲間の過去を詮索しねぇ。そりゃあ、仲間の決断に干渉しねぇってことでもある。解るか？」

おおげさに首をふった。

「お前にはお前の生きる道がある。いままで歩んできた道、そしてこれから歩んでゆく道。すべてを受け入れるってことだ。お前が選ぶ道ならば、俺も朽縄も、蛇衆の奴等は全員、止めはしねぇよ。お前なら立派な侍になれる」

俺が保証してやる。鬼戒坊が背中を叩いた。

「べつに侍になりたいわけじゃねぇ。弱い癖にふんぞりかえってる奴等は嫌いだ」

手元にあった石を川に投げる。小さな波紋が水面に起こったが、すぐに流れにかき消されてしまった。

「こそこそ動き回って騙《だま》し合って、あげくのはてに戦になって、殺されるのは下々《しもじも》だ。自分は勝った奴の家臣になって生き延びる」

「そんな奴ばかりじゃねぇだろ？」

そんなこたぁ知ってるよ。思わず叫んだ。

「でも、そんな奴等がまかり通っていることが許せねぇんだ。たしかに立派な侍もいる。でも、本当に良い目を見ているのはどっちの侍だ？」

「そりゃあ、一概にどっちとは言えねぇだろ」

「いや」

鬼戒坊のあいまいな物言いに、心が激しく騒ぐ。

「小細工を弄《ろう》して世渡りばかりに長《た》けた侍が良い目をみる。そんな奴を父っつぁんも見てきただろ？」

「ま、まぁたしかにな」

勢いに押されるように、鬼戒坊が顎の無精鬚《ひげ》に手をやった。

「俺は小細工は嫌《きれ》ぇだ」

きっぱりと言い切る。

大きな溜息が聞こえた。

「お前ぇは侍になっても一生足軽止まりだな」

鬼戒坊は起き上がると、笑いながら頭を小突いた。

「痛《いて》ぇなぁ」

にらみ付ける十郎太をよそに、鬼戒坊が前方に目をやる。

「ありゃあ朽縄じゃねぇか？」

川の向こうの道を一人歩く朽縄の姿があった。

「兄者」

明るい声で手をふる。

「どうした暇人ども？」

皮肉混じりの言葉が、心を少しだけ軽くさせた。

宗衛門の仕事を引き受けて十日あまりが過ぎていた。

暗く足下のおぼつかぬなかを、無明次は慣れた足取りで進んでいく。

物音一つたててはならぬ。かがまなければ頭をぶつけてしまうほど狭い空間である。

周囲を徘徊しているのは鼠《ねずみ》くらいのものだ。

鷲尾城本丸の屋根裏にひそんでいた。

蛇衆が鷲尾領を出られぬ理由を探ってきて欲しいと宗衛門に頼まれた十日前より、人知れず鷲尾領を駆け回っている。

忍《しのび》の業《ごう》は深い。と思う。

里を抜けたのは十三年前のことだ。当主の長子として生まれた無明次にとって、忍として生きることは、すなわち人として生きるということであった。

生まれた日より里を離れた十五才まで、無明次は忍として生きるためのさまざまな術を身体に叩き込まれた。

里の者から、祖父から、そして父から、つねにきびしく里のすべてを染めつけられた。

里始まって以来の逸材と呼ばれた。

いつのころからか父は、無明次を疎《うと》みはじめた。

無明次の声望が高くなるにつれ、里の者の信望を得るにつれ、無明次を見る父の目は、冷酷なものへと変わっていった。

飯に毒が盛られたのはそのころだった。

三日間、生死の境をさまよった。

記憶はない。飯を口に入れた時に舌を刺すような痛みを感じた。次の記憶は、布団に横たわり見た自室の天井だった。介抱する薬師《くすし》から三日間意識を失っていたと告げられても、無明次にはほんの一瞬の出来事としか思えなかった。

しかし己の姿を見た時、残酷なまでに思い知らされた。

それまで闇のように黒かった髪は色が抜け白くなり、血色の良かった肌は赤味を失い青ざめてしまっている。

まるで死人だ。

冥府より生還した無明次の姿は、まるで亡者のそれのごとく変貌していた。

さらに、母が密かに告げた真実が、心を凍《い》て付かせた。

毒を盛ったのは父だったのである。

父に裏切られた。

里の長《おさ》である父に命をねらわれるということはすなわち、里では生きていけぬということを意味していた。

もうなにも信じられぬ。

里を抜けた。

里を捨て、忍を捨てたのに、いまも忍の真似事《まねごと》をしている。

たしかに隠密《おんみつ》行動を行なえる者は、蛇衆のなかで己しかいない。

納得した上で依頼を受けている。

里も忍も捨てた無明次にとって、蛇衆は第二の里といえた。

人知れず潜み隠れること、人を殺すこと以外に、無明次の知る知識はない。

幼いころから身に染みついた技を存分に発揮し、食い繋げる場を蛇衆はあたえてくれた。

十郎太や孫兵衛のように、言葉で己を伝えることは苦手であったが、蛇衆に対する思いは誰にも負けない。

漏れ射す太陽の明かりをたよりに静かに城内をめぐる。

「知っておるぞ」

足下より男の声がした。

下級武士達のつどう部屋あたりである。

身分の低い武士達の噂は虚実入り交じる。重臣のように責任が重いわけではないので、城内のさまざまな情報が交錯するものだ。

立ち止まり、地の底より沸き上がる声に耳を澄ました。

「先日の戦で功のあった荒喰《あらばみ》の話であろう？」

「おうおうその話」

どうやら数人で語り合っている様子である。

蛇衆のことを語る侍達の言葉を、一言半句聞き逃すまいと一層神経を集中させる。

「無手《むて》の男」

「おう、奇妙な体術を弄しておった男であろう？」

「御主は末崎殿の被官だから間近で見ておろう？」

「なんとも奇妙な術であった。それになんというかこう、空恐ろしい風貌でな」

朽縄のことだ。

「噂は真実であろうか？」

「そんなわけがなかろう。あまりにも唐突すぎる」

「奴が殿の子であるはずがなかろう」

暗き底より沸く声に、無明次の肩が大きく震えた。

九

あの女の許を訪れるのは何年ぶりであろうか？

まっすぐ伸びる廊下の向こうに女はいる。

鷲尾城の一郭、供も連れず鷲尾巘嶄は、目的の部屋へと歩いていた。

もう何年も訪れていない。巘嶄の正室であり、側室達のまとめ役を長年務めてきた女の居室に向かう。法真尼と名乗る女がそこにはいる。

法真尼が病の床に臥《ふ》せってから一年あまりが過ぎていた。薬師からは残りわずかの命であると告げられている。

病に倒れる前から、巘嶄は法真尼の許へ顔を見せることはなくなっていた。

出家し世俗と隔絶したからでも、煩悩《ぼんのう》を断ち切ったからでもない。

ただ、会う意味がないだけである。

しかし今日は、どうしてもあの女に聞かなければならないことがある。

もう長くない女の命。聞きそびれてしまってはならぬという気持ちが、法真尼の部屋へ向かわせている。

噂だ。

心のなかで断ち切ろうとする。

だがどうしても心のどこかに突き刺さって抜けない思いが残るのだ。

我妻との戦の折、弾正を救った男の姿を思い出す。

朽縄と名乗る荒喰が、己の子であるという噂が城内を飛び交っている。

直接耳に入ってくることはない。家臣達は巌嶄をおそれ、与太話を聞かせることなどできぬのだ。

しかし、人の口に戸は立てられないし、巌嶄の耳は飾り物ではない。

しょせん噂だ。

はじめはそう思った。

しかし、三十年前にみずからが下した決断が、この噂の発端となっている。

生まれて間もない息子を殺した。

忘れかけていたはずの罪が、いまごろになって心を揺さぶっている。

家中には病死であると公表した。だが当時から、それを密かにうたがう家臣は少なからずいた。

男の言葉をあの社の前で聞いていたのは巇嶄だけではない。怨嗟《えんさ》に満ちた声は神域中にひびき渡ったのだ。周囲を取り囲んでいた家臣達が耳にしていてもおかしくはない。

そして呪いの子が死んだ。

当然、巫女の呪いと子供の死が結び付けられることは承知していた。それでもあくまで我が子の死は病死だという姿勢を崩さなかった。

もう昔の話である。

いまさら蒸し返してもどうなるものではない。

若い家臣達には知らぬ者も多い。年老いた老臣達でさえ忘れかけていたことだ。

巇嶄が明確に命を下したのは末崎弥五郎だけ。

弥五郎が殺した。

赤子の骸も確認している。

しかし。

弥五郎が涙ながらに差し出した赤子は、果たして本当に我が子だったのか？　血の気の失せた骸は、生まれた時にくるまれていた白絹の衣におおわれていた。それだけが唯一我が子であった証《あかし》といえる。数えるほどしか見ていぬ赤子の顔を、本当に我が子であると判断できたであろうか？

すり替えられていたとしても解りはしない。

小細工をしたのは法真尼だ。

弥五郎が法真尼のことを慕《しと》うていたのは知っている。

弥五郎をたらし込み、子をどこぞへ逃がした。

ならば納得がいく。

しずかに襖《ふすま》を開いた。

曦嶄の姿に、侍女が戸惑いを見せつつ、手をつき頭を下げた。

「珍しいお顔にござりますこと」

床に臥せる身をゆっくりと起こすと、法真尼が皮肉めいた笑みを浮かべた。

居室に入り、かたわらに座る。

顔に刻まれた皺と、艶を失った肌は、老いからなのか、それとも死を目前に控えた身であるからなのか判然としない。

侍女に目配せをした。

侍女は法真尼をうかがう。

「良い」

言葉を聞くと、一礼し部屋を出た。

「なにか御用でございますか？」

「用がなければ来ぬことは御主がよく解っておるだろう」

「相変わらずの仰《おつしや》りようですね」

妻は一つ咳《せき》をすると、用件を早く済ませてくれという態度で巇蘄を見る。

「儂等《わしら》の子のことで話がある」

「意吉《おきよし》がなにか？」

意吉とは弾正の名である。弾正は官位であり、正式な名は意吉といった。

隆意は側室が産んだ子で、二人の間で子といえば弾正のことだった。

「違う」

「え？」

法真尼の表情に翳《かげ》りが見える。

「三十年前に死んだはずの子だ」

死んだはず、とあきらかな含みを持たせて言いはなった。

「いまさらなにを仰るのかと思えば」

妻は平静を取りつくろう。しかし、情はなくとも長年連れ添った女だ。動揺を隠すための演技であることぐらいは解った。

「やはりな」

「なにを仰っておられるのです？」

顔がこわばり、張りを失った眉間に皺が寄る。

「ごまかしても無駄だ。顔に書いてある」

「ばかなことを」

「御主、弥五郎と計りおったな?」

疑惑の視線を法真尼に突き刺す。

「わ、妾《わらわ》は」

法真尼が口ごもる。

「申せ」

責めるような口調に、法真尼は腹をくくった様子で大きく息を吐いた。

「逃がしました」

きっぱりと言い切った。

巉嶄の胸に怒りの炎が沸き起こる。

「なに?」

「末崎殿にお頼みいたし、子は逃がしたと申しておるのです」

「おのれっ」

法真尼の頬を打った。

死の病に冒されているはずの顔が、微動だにしない。

「ようもこの儂をだましおったな」

きびしく浴びせられる嶬嶄の視線を、法真尼は正面から受け止め、病とは思えぬ力強さで、身を乗り出した。

「あの日、御前様が末崎殿に下した命。とても納得のいくものではありませんでした」

法真尼の口調が激しい。

「母なれば当然のことをしたまで」

「逃がした子はどこへやった？」

「沼河へ」

脳裏に沼河城の主、為次の顔が浮かび上がる。

「御前様が攻め滅ぼした沼河にござります」

糾弾する視線が光る。

「沼河城が落城し、妾の子も行方知れずとなったと末崎殿は申しておりました」

「なるほど」

立ち上がる。

これ以上、聞くことはない。いまさら昔のことを持ち出して処断するほどの怒りもなければ、裏切られた悲しみで我を忘れるほどの愛情もない。聞きたかったことはすべて聞いた。ならば、もう用はない。放っておいても、この女はもうすぐ死ぬ。

襖の前で立ち止まると、小さく振り返り法真尼を見た。

「御主が逃がした子。生きておるぞ」

蛇のような笑みを浮かべて法真尼にそれだけ告げると、静かに部屋を出て行った。

巘嶄の去った部屋は、静けさを取り戻していた。

さきほどまでの力が消え失せ、うなだれる法真尼の目が虚空を泳いでいる。

「生きている？」

枯れた頰がわずかに震えた。


弾正が鷲尾領の出城、今部《いまべ》城を与えられることになったのは、巘嶄が法真尼の許を訪れた三日後のことであった。

この下知《げち》に、鷲尾家の家中は騒然となった。

今部城は鷲尾山の麓、西に九住《くずみ》領を望みながらも国境を接する知行地はなく、鷲尾領でも比較的平穏な城であった。

他国に侵攻することで磐石《ばんじやく》の領国を形成してきた鷲尾家にとって、今部の地は言わば僻地《へきち》である。

そこへ、巘嶄の長子、弾正が入城することになった。

隆意は、いまだ城を与えられておらず、一見すれば弾正の出世、嫡男としての道を保証されたように見える処遇ではあるが、家臣達のなかでは弾正の脱落と取る見方が大勢を占めていた。

「これで決まったようなものじゃな」

「弾正様も終わったな」

「隆意様で決まりじゃ」

あちこちで、家中の者たちのささやきあう声が聞こえた。

夕暮れせまる秋の空が朱色に染まる。

落ちゆく夕日をながめながら末崎弥五郎は、眉間の皺を隠すこともなく、いらだちながら手綱をにぎっていた。

弾正の屋敷からの帰りである。

巉嶄の命を聞いた瞬間、耳を疑った。

弾正殿を今部城に?

無言のうちに、嫡男は隆意であると鷲尾家中に知らしめるような、巉嶄の下知だ。あの時のことを思い出すと、いまでも腹中を邪悪な虫が這いずり回る。

「まったく」

不機嫌な声を上げた。

馬ひきの男が遠慮がちに振り返る。一向に気に止めず、思考の海に身を浸す。

腹立たしいのは巇嶄だけではない。

今部城入城を申し付けられた弾正も、腹立ちの原因であった。

「父上の仰せならば仕方なかろう。城を与えられたのだ。そう悪く考えることでもない」

そう呑気《のんき》な顔でのたまうのだ。

なにを悠長なことを。

いったい今までなんのために骨身を削ってきたというのだ。

娘婿である弾正を領主にすることが、年老いた弥五郎の夢であった。

家中では頭の固い保守の権化だの、外戚として権勢を振るいたいのであろうなどと揶《や》揄《ゆ》されながらも、長子が嫡統を継ぐという本来あるべき姿を成し遂げるため、老体に鞭《むち》打《う》ってきたのではないか。

本来持つ保守的な思想と、弾正が主君となることで得られる栄達という二つの思いが両輪となって、弥五郎を推し進めていた。

すべて台無しだ。

武士としては気弱すぎる弾正の気性は解っていた。だが、平穏な知行を与えられ満足するほど凡庸だったとは。

「我妻との戦で見せた突撃はなんだったのじゃ？」

結果は無謀な突出であったとはいえ、功を求めて敵へと攻め寄せたではないか。

「あの時の恐怖で腑抜《ふぬ》けになったのか？」

四方を敵に囲まれ、死を目前に感じた時、弾正は武士である恐怖を心底味わってしまったのではないか？

そして、戦の無い安穏とした日々を求めはじめたのではないか。

「そのような時ではないわっ」

己の思考に反論するように叫んだ。

突然の叫び声に、馬ひきの男だけではなく、周囲を歩いていた人々までが馬上を見た。

それでも周りを気にも止めない。

いまは親兄弟が争う乱世なのだ。安息を望む弱き心は命取りだ。

「弥五郎」

背後からの声に、心が現世に呼びもどされる。

隣に並んだ馬の上に、堂守兼広の姿があった。

一番会いたくない男だった。

若きころは鷲尾の竜虎と並び称された両者であったが、老いて知略に頼る身となったいま、二人の立場は大きくへだたっていた。

「こたびの殿の処断にはおどろいたのぅ」

兼広は溢れる笑みを押し殺している。

答えることすら億劫《おっくう》であった。

「しかしこれで弾正殿も城の主。御主もいままで支えてきた甲斐《かい》があったというものじゃな」

皮肉に満ちた言葉に、斬り捨ててやりたいという衝動を必死に抑える。

「娘御も喜んでおられよう」

そうだ娘だ。

脳裏に弾正に嫁がせた娘、千《せん》のことが呼び起こされた。

『なんとかして下さりませ父上』

涙ながらに訴える娘に、ただうなずくことしかできなかった。

気性の荒い千のことだ。夫が弟に肩を越されただけでも恥辱であるというのに、まして相手は側室腹である。

千の気位の高さで、この処遇に耐えられるわけがない。

なんとかせねば。

焦りはつのるばかりである。

「まぁ、殿の口から嫡男が指名されたわけではないのじゃ。まだまだ先は解らぬが、おたがい鷲尾家を守《も》り立てていくため、一層精進せねばな」
甲高い笑い声を上げながら、兼広が去っていく。
兼広の背中に怨嗟の眼差しを向けながら、弥五郎は息を大きく吐き出した。

十

全身から無言の圧力を放ち、巘崭は弥五郎の前に座っていた。

弥五郎は法真尼と結託し、我が子の命を救った。

三十年前の裏切りを糾弾する気はない。それよりも、弱味に付け込み、己の思いを果たすために目の前の老人にも一役買ってもらおうと考えている。

さきほどから老人は落ち着かぬ態度で、顔色をうかがうような素振りを見せている。肩入れしている弾正の処遇に対して、しこりがあるからなのか。それとも、城内で流れている噂に対して思うところがあるのか。とにかく弥五郎の様子は、あらわれた時から落ち着かなかった。

「今日呼んだのは他でもない」

鷲尾城は山頂に建つ。長い山道をのぼって登城するねぎらいの言葉もなく、唐突に切り出した。

口火を切ったまま、しばし黙る。

弥五郎の身体が小刻みに震えている。

父が死に、巉嶄が城主となったころの弥五郎は、鬼も恐れると言われた猛将であった。

しかしいまや、巉嶄を恐れ、哀れに震える老人と化している。

歳は取りたくないものだな。

巉嶄は冷ややかな視線とともに思った。

沈黙が続くと老人が壊れてしまいそうに思え、ゆっくりと語り出した。

「あの女から聞いた」

弥五郎の身体がさらに震えた。

「あの時の赤子。逃がしたそうだな？」

いたって平静な態度で語ったつもりだが、弥五郎の表情はいまや恐怖に固まっている。

みずからに下される処断を思い、心が砕けそうになっているのか。

「なにか申すことはないのか？」

「い、いや」

「どうした？」

悪戯《いたずら》をとがめられた子供のように、うつむいたまま押し黙っている。

「御主が儂《わし》の命にそむいておったとはな」

あきらかにもてあそんでいた。処断する気はない。むしろ弥五郎のおかげで事は思わぬ展開を見せはじめているのだ。

礼を言いたいくらいである。

「昔のことじゃ」

顔を上げた弥五郎と目が合った。

「いまさら御主を責めるつもりはない。いや、あのころの儂はまだまだ青かったのだ。御主の判断は間違ってはおらなんだ」

本心である。

この男の判断は間違っていなかったのだ。

予想外の言葉に、弥五郎は戸惑いを露にしている。

「さて」

禿頭《とくとう》を撫でる。

「話というのはここからじゃ」

嶮崩に責める気がないことを知った弥五郎は、幾分安堵した様子である。

「御主も最近城内で騒がれておる噂は知っておろう?」

弥五郎がうなずく。

さきほどよりも幾分血色を取り戻したとはいえ、いまだ顔は青い。

「朽縄と申す男が儂の子だという話だ」

嶬嶄は朽縄の姿を思い浮かべた。

名前どおりの戦いぶりであった。一匹の大蛇が戦場を這い回るかのような姿は、奇妙ではあるが、しかし華麗な印象を与えた。弾正をたった一人で救い出した常人離れした能力を思い出す。

やはりどうしても欲しい。

「このような噂。いったい誰が言いだしたのであろうかのぅ」

弥五郎の顔から再び生気が失せていく。

「某《それがし》ではござりませぬ」

必死の形相でにじり寄って来る。

「しかし、あの赤子が死んでおらぬことは、御主と法真尼しか知らぬこと。赤子が生きておると知っておらねば、このような話を語ること自体困難ではないか？」

地獄の底から引き上げられ、一息ついた途端にまた叩き落とされた老人の目が、焦点を定めぬまま虚空を泳ぐ。

「それは……しかし、拙者ではござりませぬ」

必死に叫ぶ。

「では誰じゃ？　病の床に臥せっていて朽縄のことなど知らぬ、あの女が申したとでも？」

　老人は必死に抗弁するが、己の理を証明するものになっていない。ただただ自分ではないと繰り返すだけのむなしい言い訳が続く。

「某以外にも疑わしき者はおりまする」

　弥五郎が口走った。

　己の身を守ろうとするあまり、とうとう馬脚を現した。

「誰じゃ？」

　それは……と口ごもる。

「申してみよ」

「それは」

　なにかを隠している。

　城主であるということは常に誰かに監視されているようなものだ。他国の忍《しのび》もいれば、家中に裏切り者がいることもある。

　子供を逃がしたという事実を、弥五郎が秘匿していたとしても、誰も知らなかったという保証はない。

　それでも弥五郎はなにかを隠している。ならば聞き出さねば先へは進めない。

「申してみよ」

「堂守嘉近にございます」

「嘉近？」

若武者の名が唐突に飛び出し、いささか驚いたが、冷静に言葉をえらぶ。

「どうして嘉近がそんなことを知っておるのだ？」

「知っておるのは某が殿の御子を逃がしたことではございませぬ」

弥五郎はすべてを語った。

嘉近が沼河家の重臣の子であり、嶬嶄の子と友人であったことから、幼き日に離ればなれになった友人と朽縄が同一人物であるといったことまで、すべてを嶬嶄に打ち明けた。

「なるほど」

弥五郎を見つめたまま嶬嶄がうなずいた。

「しかし、その話では嘉近が言い出したことにはならんな」

弥五郎が、嶬嶄の子を逃がしたことを嘉近に語ったのは、城内に噂が広まった後のことである。嶬嶄の子が沼河為次の次子であることを、嘉近は知らなかったのだ。

「本当に御主ではないと申すか？」

「違いまする」

目に翳《かげ》りはない。

「三十年も前のこと。御主とあの女の間で取り交わされたことであるとはいえ、間に介在した者がおらなんだわけでもなかろう」

そろそろ本題に入る頃合いであろう。

疑いをかけ恐れを抱かせ、足場を断ってから許しをあたえる。

老将は、おもしろいように操られていた。

「御主に頼みたいことがある」

弥五郎の顔が引きつった。

巉嶄は燃える社を眼前に、己の言葉に頭《こうべ》を垂れていたあの日の弥五郎の姿を思い出した。

陽光をさえぎるように無数の竹が生い茂る、鷲尾山の麓にある竹林を十郎太は歩いていた。

周囲は静まりかえり、人の気配はまったくない。

半刻（約一時間）ほど歩いただろうか。突然、こめかみに針を突き刺されたような痛みを覚えた。

こめかみを押さえ、痛みを受けた先をうかがう。

「勘は鈍ってねぇな」

竹林から孫兵衛が顔を出した。雷鎚《いかづち》を構え、向かう先には十郎太の眉間があった。

こめかみには針など刺さっていない。痛みを感じたのは孫兵衛の放った殺気のせいだった。

「鈍るような鍛え方はしてねぇよ」

「へっ、言いやがる」

弓弦《ゆんづる》をゆるめながら孫兵衛が歩いてくる。

「なにしに来やがった？」

「爺さんがあつまれだとよ」

目を見開き、舌で唇をなめながら、孫兵衛が雷鎚を回した。

「この国と、やっとおさらばできるってわけか？」

「知らねぇよ。呼んでこいって言われたんだよ」

「面倒くせぇ」

おもむろに雷鎚に矢をつがえ、竹林へ放った。

矢はわずかな隙間を縫い、遠くの竹の中心に見事に突き刺さると、気持ち良い音をたてた。

「酒ばっか飲んでるわけじゃねぇんだな」

これか？　と腰にぶら下げた酒壺《さかつぼ》を手に取った。

「持って来てんのかよ」

「これがねぇと寂しいだろ？」

咽《のど》を上下させながら酒が孫兵衛の身体へ下りていく。

「良く解らんおっさんだぜ」

「餓鬼にゃあ解らねぇよ」

今度は空穂《うつぼ》から矢を三本取り出し、指の股に一本ずつ挟み、同時に放った。

三本の矢は器用に隙間を縫い、それぞれ的確に竹の中心に突き立った。

「ねらったのか？」

「あたりめぇだ」

胸を張る。

「お前ぇのような雑な得物と違って、弓ってのは微妙な勘が必要なんだ。だから時々はこうして勘を磨いてねぇと、いざって時に使いもんにならなくなっちまう」

「だったら酒なんか飲むんじゃねぇよ」

「おおきなお世話だ」

常に飄々《ひょうひょう》としている孫兵衛も戦に備えている。

少しだけ見直した。

「おい、おっさん」

「なんだ？」

ふと聞きたくなった。

「おっさんはどうして蛇衆になった?」

「あ?」

雷鎚から目を逸らすと、孫兵衛がにらんだ。

「どうしてそんなことを聞きたがる?」

「なんとなくだよ」

鼻で嗤《わら》うと舌を出して、

「教えねぇ」

と素っ気なく言った。

「どうして?」

「面倒くせぇ」

二人の間に不思議な沈黙が流れた。

孫兵衛がおもむろに口を開いた。

「俺ぁ物心ついた時には海の上にいた」

「海の上?」

「俺の親父は船乗りだった。船乗りって言っても商いの船を襲う船乗りだがな」

「海賊か」

「まぁな」

照れ臭そうに酒を飲んだ。

「海賊のあんたがなんで蛇衆なんだよ？」

「黙って聞けよ。物には順序ってのがあんだろ、順序ってのが」

矢をつがえていない雷鎚を構え、射る真似をした。

「賊には賊の戦ってのがある。親父は戦で負けたのよ。それで俺ぁ、親父に逃がされ伝手《つ》をたよって陸《おか》に上がった。伝手《て》ってのが弓組の侍で、その侍から俺は弓の手解《てほど》きを受けたってわけだ」

はじめて聞く孫兵衛の過去に聞き入る。

「だから弓を使うのが達者なんだな」

「違《ちげ》ぇよ」

また酒を飲んでいる。

照れからなのか、酔いなのか孫兵衛の耳が紅く染まっている。

「海に出たことがあるか？」

十郎太は首をふった。

「なんにもねぇんだ」

「なにが？」

「なにもかもだよ。周りを見渡してみても、潮水だけ。青い塊のなかに投げ出されたみてぇに空と海だけなんだよ。そんななかでわずかでも目に飛び込んでくる物を逃さねぇように見張るのが、俺が親父からもらった務めだった」

「だから？」

あぁもうじれってぇなぁ。と雷鎚で十郎太の頭を叩いた。

「陸の奴等よりもずっと俺ぁ目が良いんだよ。だから弓の手解きを受けて一年もしねぇうちに師匠を越えちまったのよ」

陸で生まれて陸に育った己にはわからない。そんな十郎太の心の疑問に答えるように、孫兵衛は言葉を接《つ》いだ。

「二町（約二二〇メートル）も離れた的が俺には、はっきりと見えちまう」

酒壺を逆さにする。

酒がきれてしまったらしい。

「俺ぁ弓隊の足軽として戦に出た。そのとき敵だった朽縄の肩を射抜いてやったのよ」

「朽縄の肩を？」

あぁ、と自信たっぷりにうなずいた。

「だが、戦は散々に負けちまった。全滅よ全滅。そしたらだ」

「どうした？」

「襲って来る敵のなかで朽縄が言いやがる。そこに寝てろってな。言われるままに寝てたら、朽縄と鬼戒坊と夕鈴。たしか無明次もいたな。四人が俺をかばって上手《うま》いこと立ち回ったのさ」

いつの間にか二人は座り込んでいた。

「戦が終わると蛇衆に誘われた。戦に負けちまって、帰る場所もなかったし、あいつ等といるのは楽しそうだと思って、そのまんまいまに至るってわけよ」

「朽縄があんたを見込んだってのか？」

「まぁな」

聞いてみるものだ。

仲間の過去を詮索しない。蛇衆の暗黙の掟なのは解っているが、聞いてみると、仲間の意外な一面が垣間《かいま》見える。

「朽縄がこの孫兵衛の弓の腕は相当なもんだと伝えたら、宗衛門の爺さんがこの弓を持って来た……あっ」

「そうだった」

思い出した。

「爺さんに呼ばれてんだったな」

あわてて二人は竹林を駆け出した。

十一

生い茂る木々を切りひらいて作られた山道を登っている。

つねに戦場で戦っている十郎太達にとって、この程度の坂道は別段体力を奪うものではなかったが、今後のことを思うと自然と皆の足取りは重かった。

目の前に大きな門があらわれた。

巨大な柱に挟まれた分厚い門扉《もんぴ》が、すべてを阻むように閉ざされている。

門の左右に立つ足軽が、十郎太達の姿を見つけて姿勢を正した。

白壁の土塀が木々に吸い込まれるように伸び、内部との境界を強固に形作っている。

朽縄の脇を宗衛門が足早に追い抜いた。

足軽へ近づくと、いつもの愛想の良さで一礼する。

なにやら話をしている。

「呼ばれたんだぜ。あんなにへりくだる必要はねぇじゃねぇか」

宗衛門の背中を見ながらぼやく。

「宗衛門の仕事だ。爺さんのおかげで俺達は仕事にありつけてるんだ。そういう言い方をするな」

鬼戒坊がたしなめるように十郎太を見た。

宗衛門は十郎太達とは根本的に違っている。

十郎太達は戦で闘うことしか能の無い者達である。しかし宗衛門は、十郎太達と行動をともにしているとはいえ、基本的には商人なのだ。

「でも領内に留めておいて、今度は城へ来いなんて、一体なにを考えているのかね」

夕鈴がつぶやく。

十郎太達が逗留《とうりゅう》する宿へ、嶬嶄の使いがやって来たのは、まだ朝も明けきらぬころのことだった。

城へ来い。

嶬嶄からの命だった。

十郎太達にとって、嶬嶄は主君ではない。逆らうこともできるが、登城を拒否する気ならば、鷲尾領を出ることを止められた時点で出国している。

この稼業は信用が第一、おとなしく様子を見ようじゃないか。宗衛門の言葉に従い、領内に留まっていただけなのだ。

「宗衛門の爺さんだけじゃなく、俺達もそろってってところが気に喰わねぇな」

孫兵衛が片眉を上げる。

宗衛門が歩いて来る。

「行くぞ」

顔がけわしい。

「なにかあったのか？」

朽縄が顔色を察して聞いた。

「いや、話は伝わっておったようで、すんなり入城は許された。だが」

朽縄の顔をうかがいながら、宗衛門が口ごもる。

「どうした？」

「妙な胸騒ぎがするんだ」

「そりゃあこんな朝っぱらから城に呼ばれるなんざぁ、誰だって良い気分にゃならねぇよ。いつも悪い方に考える爺さんの厄介な癖だ」

旋龍《せんりゅう》をもてあそびながら十郎太が微笑んだ。

「だったら良いんだがな」

うなずく宗衛門の声が重い。

朽縄の足が城門へと向いた。

土塀で区切られた敷地の四方には物見櫓《ものみやぐら》が建てられており、城門をくぐった後も、城へ向かう間に三つの区画で区切られたところに櫓があった。櫓の境には、また強固な門が作られている。

よくこんな山の上に作ったもんだ。十郎太は改めて感心した。さまざまな国をめぐり、数多くの城を見てきたが、ここまで堅牢《けんろう》な城は数えるほどしか知らなかった。

城の案内役に誘われながら、三つ目の門をくぐり、城の前へたどり着いた。

「こちらで皆様の戦道具はお預かりいたします」

警護の兵が十郎太達へ手を伸ばす。

「なにしやがる」

旋龍に触れる兵に毒づく。

「十郎太」

けわしい表情で宗衛門がたしなめた。

「でもよ」

渋る十郎太の肩に、無明次が手を置き、うなずいた。

周囲の兵の肩越しに、孫兵衛が無明次の身体を指さしている。警護の兵達は、無明次の衣服の下の無数の雫《しずく》には気付いていない。

城のなか、どれだけ広い部屋といえども戦場よりも窮屈だ。十分に雫の射程内である。いざという時は無明次が敵の出端《でばな》をくじき、隙をつき、おのおの敵の得物を奪って反撃に出る。いざという時の算段はかねてから行なっているのだが、旋龍を手放すことが十郎太には許せないのだ。

「ちっ」

突き付けるように旋龍をさきほどの兵に渡すと「どうぞこちらへ」と案内の侍が頭を下げた。

宗衛門が侍の後を追う。

その後に続いた。

「ここでしばしお待ち下さいませ」

侍は、静かに告げると退出した。

十間四方はあろうという大広間である。

はるか前方に設《しつら》えられた上座に向かい、十郎太達七人が座っている。

「なんでぇこりゃ？」

孫兵衛が眉をひそめる。

「気付いたか？」

「こんだけの殺気垂れ流されりゃあ、馬鹿でも気付くだろ」

　鬼戒坊に孫兵衛が答える。

「三十……いや四十はいるね」

　夕鈴が朽縄をうかがいながら言う。

「こちらから仕掛けるわけにはいくまい」

　周囲に満ちているおびただしい数の人の気配に、宗衛門も気付いた様子である。

「こっちは丸腰だ。畜生、いってぇなにを考えていやがる」

　十郎太は視線を周囲にめぐらせる。

「火薬の匂いだ」

　無明次が口を開いた。

「火薬だと？」

「あぁ」

　無明次の顔がいつになく神妙な面持ちのまま凍り付いている。

「この城ごとぶっ壊そうってつもりかよ？」

「声が大きいよ十郎太」

　周囲の気配に聞きとがめられてはならないと、夕鈴が制する。

「理由は解らぬが、いずれにせよ鷲尾は俺達と一戦まじえようって腹づもりらしいな」

鬼戒坊が首を鳴らした。

上座近くの襖が開き、末崎弥五郎の姿があらわれた。

後ろにもう一人、べつの侍を連れている。

「お待たせいたした」

弥五郎が丁重に頭を下げる。

「今日、そなた等を呼んだのは他でもない。当国を出国する許可を嶬嶄様が下されることになった」

一同驚愕する。

出国の許可？

ならば周囲に満ち満ちた殺気はなんなのか？

だまし討ちか？

弥五郎が口を開く。

「朽縄殿。そなたはこの者について行ってもらう。あとの者は待っていてもらうことになる。出国の許可はその後だ」

言いようのない奇妙な悪寒が十郎太の身体を駆けめぐった。

「遅《おせ》ぇ」

十郎太の苛立《いらだ》ちが夕鈴の心を波立たせる。

朽縄が部屋を去ってから半刻あまりが過ぎようとしている。

依然、周囲の気配は消えることがない。

目の前には黙して語らぬ末崎弥五郎の姿のみ。

左右に陣取る仲間達の顔に焦りの色がにじみ出ている。

どうすればいい？

このままではなにか悪いことが起こる。嫌な予感が心を急き立てる。

とはいえ無闇《むやみ》に動いて事を荒立てるのは得策とは思えなかった。

いまにも弥五郎に喰ってかかろうとする十郎太を必死に止めてはいたが、夕鈴も思いは同じだった。

四方を敵に囲まれた城で夜を過ごしたこともある。

塀の外を無数の敵が取り囲み、城のなかでは獣と化した兵達が己の身体を肉欲のはけ口に使おうとねらっている。

五人の仲間だけが救いだった。

幾度も苛酷な状況に耐えてきた夕鈴の心が、臨界をむかえようとしている。

朽縄がいないのだ。

奇妙な籠城を強いられている状況のなか、心の支えである朽縄の姿がない。

「大丈夫か?」

青ざめた顔を心配して鬼戒坊が声を掛けてくれた。

「えぇ」

力なく答えるのが精一杯だった。

「朽縄なら大丈夫だ。あいつはなにがあっても死にはしねぇ。蛇は頭を落とされても死にはしねぇだろ?」

どこか照れたように鬼戒坊は微笑む。

しかし首を落とされる朽縄の姿が脳裏をかすめ、心が一層騒ぎ出した。

「この国から出してくれるんだろ? いってぇ何やってんだよ」

孫兵衛の声が聞こえる。

「いざという時は、俺の合図で後ろの襖を蹴破って逃げろ。いいな」

無明次がささやく。

夕鈴の視線の先にある無明次の左手には雫がにぎられていた。掌《てのひら》に収まって、周囲からは悟られぬほどに小さい。

武器と呼べる物を帯《たい》しているのは無明次だけだ。

敵は火薬を用意している。なにを企《たくら》んでいるのか解らない。いざという時、無明次は命を賭して血路を開く気でいる。

無明次の決意が読み取れた。

突然、弥五郎が口を開いた。

「出国を許可する前に御主達に話がある」

なんの話だ？　夕鈴の胸が早鐘《はやがね》を打った。

「どのようなお話にございましょう？」

冷静な宗衛門の言葉が広間にひびく。

「当家に仕えぬか？」

「なんだと？」

怒りをこめた十郎太の目が弥五郎をにらむ。

「御主等の力。荒喰《あらばみ》にしておくのは勿体《もったい》ないというのが巇嶄様のお考えだ」

「なにを申されるのかと思えば、そのようなお話でござりますか」

宗衛門が仲間達を見る。すかさず弥五郎に向きなおると、「お断りいたしまする」皆の心を代弁するように言いはなった。

鬼戒坊が十郎太の顔をうかがう。

十郎太の目は弥五郎をにらんだまま動かない。

「そうか」

断られることが解っていたような声に、夕鈴の震えは頂点に達しようとしていた。

「断ると申すか？」

「御主達には十分すぎるくらいの知行を、巉嶄様は用意なされておるのだぞ？」

「左様で」

「しつこいぜ爺さん」

いまにも飛び掛からんとする十郎太の声が、張りつめた室内を震わせた。

「断れば俺達を殺すつもりか？」

周囲の殺気を指す鬼戒坊の言葉に、弥五郎が微笑みながら首をふる。

「それは御主達の仲間の出方次第だ」

どういう意味だ？

御主達の仲間？

弥五郎の右方の襖が開いた。

「兄者っ」

十郎太が叫ぶ。

朽縄が戻ってきた。

心が一気に軽くなる。

仲間の表情もわずかながらゆるむ。

朽縄が帰ってきたとはいえ、周囲の気配が消えたわけではない。警戒だけはおこたらない。

「え？」

思わず戸惑いの声を上げた。

戻ってきた朽縄が、無言のまま弥五郎の隣に座ったのだ。

こちらに座るはずの朽縄が上座にいる。

一度ゆるんだ心が、これまで以上に騒ぎ出した。

「なんの真似だよ兄者？」

十郎太が言葉を投げる。

弥五郎が朽縄を見てうなずいた。

朽縄もうなずく。

「なんの真似だって聞いてんだよ」

十郎太の怒りが爆発寸前である。

あきらかに朽縄の態度がおかしい。

夕鈴を見る目が冷たい。

襲い来る敵兵を見るような冷めきった目で皆を見る。

胸がいまにも破裂しそうになる。

どうしたの？

「御主達の出国が許可された」

夕鈴の心に発した問いに答えるように朽縄が言った。

「御主達？」

あきらかにおかしい朽縄の態度に、孫兵衛が平静を装いながら聞く。

「よそよそしい物言いだな」

鬼戒坊の声が聞こえる。

「御主達はこのまま早々にこの国を立ち去れ。報酬は受け取ったはずだ」

朽縄の冷たい視線が宗衛門を見る。

「たしかに」

宗衛門がうなずく。

「なんだよ？　兄者はどうするんだよ」

「俺はここに残る」

夕鈴の身体が揺れた。

鬼戒坊の大きな右手に抱き止められ、遠くなりそうだった意識が戻ってくる。

「侍になるってことかよ？」

十郎太の震える声に、朽縄がゆっくりとうなずく。

「なんでだよっ」

獣の咆哮《ほうこう》と化した十郎太の声が、夕鈴の弛緩《しかん》した頭のなかを駆け抜けた。

「うまくいったな」

巇嶄の声が弥五郎の心を凍らせる。

「蛇衆は国境を越えたようにござりまする」

「そうか」

素っ気ない物言いで巇嶄は答えた。

「できれば奴等も仕官させとうござりましたが」

巇嶄が鼻で嗤《わら》う。

「最初から目的は朽縄一人よ。奴さえ手に入ればあとの者は知らぬ」

なにを言っているのだ？

蛇衆を取り込むと言ったのは巇嶄本人ではないか。

「獣の群れはどこにいようと、獣の群れ。群れを飼い馴《な》らすことはできぬ。奴等をすべて引き込めば、必ず獣は獣だけで群れることになる。それでは意味がない」

弥五郎は完全に、巇嶄の心を見失ってしまっていた。

「ではなぜ蛇衆にも仕官の話を？」

「仕官に飛びつく程度の者ならば手なずけることもできる。試したが奴等は断った。しょせん獣だったということだ」

蛇衆が断ることすら予測し、朽縄だけでも己の掌中に引き込もうと、巘嶄は幾重にも罠を張りめぐらしていたのだ。

「朽縄は我が子。我が子なれば獣でも手なずける術はある」

「そうかも知れませぬな」

しかし朽縄こそが、巘嶄を縛る呪いの根源であろうに？

弥五郎の心の声に耳をかたむけることなく、巘嶄は満足そうに笑っている。

いつのころからか、巘嶄の心がまったく理解できなくなった。

目の前の主君に恐怖を抱いている己の心に気付き、弥五郎は一人震えた。

十二

「しつけぇなお前も」

呆《あき》れ顔のなかにもどこか優しげな笑みを浮かべて、汚れ坊主が語りかけてくる。

仲間はずいぶん先を歩いている。

「いくらついて来ても駄目なもんは駄目だ。それくらいは解る歳だろ？」

「良いと言われねぇでもついていくだけだ」

まったく強情だ。

自分でも呆れてしまう。

さっき俺を追い払った爺ぃが歩いてきた。

「父っつぁん。いくら言っても聞きゃしねぇ」

あきらかに迷惑そうな爺ぃは、溜息を一つ吐いた。

「どうしてそんなに俺達の仲間になりたい？」

「あんた等、戦を商売にしてるんだろ？」

「まぁな」

坊主が爺ぃを見る。

「俺も仲間に入れてくれ」

「だからさっきから駄目だって」

言いかけた坊主を爺ぃが制した。

「仲間になりたいのは解った。なぜ仲間になりたいのか、わけを聞かせてくれ」

「強くなりたい」

他に答えはない。

俺の答えを聞いた坊主が大きな声で笑った。

「なにがおかしい」

「汚《けが》れを知らねぇってのは強いな」

「そうからかうな鬼戒坊」

爺ぃが坊主をたしなめた。

どうやら坊主の名は鬼戒坊というらしい。

「小僧。強くなりたいのか？」

「あぁ」

胸を張って答えた。

「だったら侍になれば良いだろ？　俺達は侍じゃない。戦場を渡り歩く荒喰《あらばみ》だ」

「侍なんかより、あんた等と居た方が強くなれるから頼んでるんじゃねぇか」

やれやれ、とつぶやくと爺ぃはしゃがみ込み、俺を見上げた。仲間達は立ち止まったままこちらの成り行きを見守っている。

「この世で一番強いのは侍だ」

「けっ、なに言ってやがる。俺は見てたんだ」

戦場での働きを俺は見ていた。向かって来る五人の獣に仲間達はつぎつぎと殺されていった。

「侍は戦になりゃあ闘うが、そう戦があるもんじゃねぇ。勘の鋭さがあんた等とは違う」

「勘？」

爺ぃが目を見開いて俺を見た。どうやら俺の言葉に興味を持ったようだ。

「そうさ。戦場を転々とするあんた達はつねに戦いに身を置いている。喧嘩《けんか》も戦も場数が大事。少しでも間を置くと勘が鈍っちまう。俺ぁ、さっきの戦であんた達の働きを見た時、これだと思ったんだ」

「勘だけで強くなれるわけがねぇだろ」

鬼戒坊が話の腰を折る。

「あぁ、そうだ。だから、あんた達にくっついて強さの秘密を」

「探ろうってわけか？」

爺ぃにうなずいた。

「どうして強くなりたい？」

「一人で生きていくためだ」

もうなにかに頼るのはまっぴらだ。

大人に、仲間に、そして自分の生まれの不幸に。

二人が見つめ合う。

「どうする？」

「べつにどこかの忍《しのび》ってわけでもねぇだろう。そんなに器用には見えねぇし」

鬼戒坊が俺の頭に手を伸ばし、髪をかき回す。

「お前が死んでも俺達は打ち捨てるからな」

「勝手にしやがれ」

「おい」

もう一度、爺ぃは深い溜息を吐いた。

爺ぃが鬼戒坊を見た。

「仲間に入れてくれんのか爺さん？」

「爺さんじゃない。宗衛門だ」

宗衛門が言った。

「こいつはお前に預ける」

「解った」

おもしろい玩具を手に入れたように、鬼戒坊がしげしげと俺を見る。

「俺達に喰らいついた根性を、これから見せてもらうから楽しみにしときな」

「あんたこそ逃げるなよ鬼戒坊」

「こいつ言いやがらぁ」

豪快な笑い声を上げ、俺の背中を叩くと、鬼戒坊は仲間の許へ歩き出した。

「どうでぇ新入り」

孫兵衛があっけらかんと言いながら近付いてきた。

こっちはそれどころじゃない。

かれこれ二刻《ふたとき》（約四時間）も鬼戒坊の稽古に付き合わされてるんだ。

「ありゃ？　いい加減で勘弁してやらねぇと、こいつ戦場じゃなくお前の稽古で死んじまうぜ」

言われる度に腹が立つ調子の良い孫兵衛の言葉だが、たしかにこれじゃあ死んじまう。

「どうした？　孫兵衛の言うとおり、もう終わりにするか？」

挑発的な態度で鬼戒坊は言う。孫兵衛の言葉よりも、手加減される方が。

「腹が立つんだよっ」

「おぉ、どうしたどうした」

鬼戒坊に喰ってかかる俺を楽しそうに見ている孫兵衛の姿が、飛ばされる俺の視界をななめに通り過ぎた。


夜は嫌いだ。

村が焼かれた時、仲間が俺の弟を殺した時、いつも夜だった。

夜は人の心に隙間を作る。

「食べないのかい？」

宿を抜け出した俺に、夕鈴が飯を持って来た。

「食べるだけの働きをしていねぇ」

大きな声で夕鈴が笑った。なぜか心が安らぐ。

「あべこべだよ」

手が肩に触れる。

「最初のうちは私だってそうだった」

「なにが？」

「あんたみたいに、化け物についていくのに精一杯だったのさ」

戦場であれだけ素早い太刀さばきを見せる夕鈴の言葉とは思えなかった。

「ほら」

俺の手を取り胸に当てた。どこか懐かしい、柔らかい温《ぬく》もりが頭から足先まで突き抜けた。

「な、な、なにしやがる」

「私は人さ。鬼みたいな鬼戒坊だって孫兵衛だって皆、人なんだよ。化け物じゃない」

星を見上げる夕鈴がにこやかに微笑む。

「皆についていくうちに戦が飯を食うことと変わらなくなっていく。そうしていると、だんだんと周りのことが見えてくる。そのころにはあんたも化け物って呼ばれてるはずさ」

どう答えれば良いのか迷っていると、笑い声が聞こえた。

「あんたには難しかったね。まぁ食い扶持の心配なんてせずに、いまは食べな」

夕鈴が飯を突き出す。

引っつかんで、一気に口に運び込んだ。

「おい」

振り返ると、白髪の男が立っていた。

たしか無明次とかいう男だ。

いつも黙って仲間の後をついてくる無気味な男だ。

無明次は、手に持っていた棒を俺に放った。

飯の入った椀《わん》を片手に、俺は棒を受け取り、月の光に照らした。

棒の先端に刃が付いている。

「槍？」

「鬼戒坊があの金棒で戦えるのは、奴の生まれついての力があるからだ。奴の戦いまで真似なくても良い。お前は手癖が悪いようだからこいつを得物にした方が上手く戦えるだろう」

「どうしたのさ？」

呆然と無明次を見上げる俺の顔を夕鈴がのぞき込む。

「いや。あんたの声はじめて聞いたよ」

俺がそうつぶやくと、夕鈴が三たび笑った。

無明次は照れ臭そうに俺を見ると、

「なんなら明日から、そいつの使い方を教えてやっても良い」

と言うと、宿へと帰って行った。

夕鈴も立ち上がると宿へ足を向けた。

「明日は早いから空見上げんのも良い加減にしときなよ」

「今度はこいつを使う」

嘘だろ？

無明次の手に雫がにぎられている。

石飛礫《いしつぶて》でさえ毎日こぶが絶えないってのに、刃物なんか投げられたら死んじまう。

「当ったらどうすんだよ」

「当らないようにする稽古だろ？」

薄情な目つきで笑っている。

こんなことなら鬼戒坊に殴られていた方がましだ。

「行くぞ」

「ちょっ、ちょっと待っ」

銀色の光が襲って来た。

一本じゃないのかよ。

普通によけてたら間に合わない。

手首を回す。

回転する槍に弾かれて雫が三本、地に落ちた。

「やるじゃないか」

満足そうに無明次が笑う。

「死んじまうだろうがっ」

俺の言葉を聞き流し、無明次はなにかを思い付いたように寄ってきた。

「貸してみろ」

槍を俺から取り上げると回しはじめた。

槍が回転を上げていく。

素早い動きに見入っていると、急に回転が止まり槍が飛んできた。

「俺の家に代々伝わる槍の技だ。お前にちょうど良い」

「本当に良いのか？」

あんたが始めた稽古だろ？

不安な顔つきで見るなよ。

「当り所が悪けりゃ死んじまうぞ？」

「四の五の言わずに早くやってくれ」

大丈夫だ。

自信はある。
雫の鎧《よろい》が無明次の身体を包んでいる。
すべて弾いてみせる。
「良いんだな？」
「しつけぇな」
溜息を吐き、無明次の眼光がするどく冴《さ》えた。
手が動いた。
いまだ。
槍を回す。
雫が飛んでくる。
弾く。
いける。
無明次の手が加速した。
まだだ。
もっと速く。
無明次の手に負けないくらい回転を上げる。
槍が哭《な》いた。

小気味いい音でつぎつぎと雫が弾き飛ばされる。

「待て」

なんだ?

せっかく良いところだったのに。

「雫が尽きた」

無明次が呆れ顔で両手を上げた。

足下に無数の雫が転がっている。

いつの間に?

「お前の呑み込みの早さにはおそれいる」

手首をつかまれる。

「手のしなやかさは天性だな」

俺の両腕をさまざまに折り曲げながら無明次はうなずく。

「風哭《ふうこく》」

「え?」

「技の名だ。本当に風が哭くんだな、はじめて知った」

「ほら」

宗衛門が槍を投げた。

「お前にやる」

変わった槍だ。両方の端に刃が付いてる。

「旋龍だ」

「せんりゅう？　なにが？」

宗衛門が槍を指さす。

「槍の名前だ。無明次から教えてもらった技を使うのなら、旋龍のほうが良いだろう。両端に刃が付いてる。旋龍が哭き出したら、誰もお前に近付けねぇだろうな」

旋龍か、良い名だ。

「一本しかないから大事に使えよ」

「宗衛門から戦道具を貰ったってことは、お前も一人前だな」

酒臭ぇよ孫兵衛。

「最初は俺に稽古されてたくせに」

ふくれっ面で鬼戒坊が旋龍を見る。

「あんたの怪力じゃあ身が持たないよ」

鬼戒坊の肩を叩いて夕鈴が笑う。

「旋龍か、良い名だ」

照れ臭そうに無明次がつぶやいた。

俺達の会話を嬉《うれ》しそうに聞いていた宗衛門が、もういちど旋龍を指さすと口を開いた。

「戦が近いんだ。はやくそいつに慣れとけよ。十郎太」

ろうた。

うろうた。

「十郎太」

「うぉぅいっ」

孫兵衛の声で飛び起きた。

「びっしょりと寝汗かきやがって、どうしたってんだ一体《いってえ》？」

「夢みてた」

「どんな夢だ？」

かたわらに座り、囲炉裏《いろり》に薪をくべていた鬼戒坊が振り返った。

「昔の夢だ」

「大方、あいつの夢でも見てたんだろ？」

あいつ？

「そういや出て来なかったな」

夢のなかに朽縄の姿はなかった。

「あれからもうずいぶん経ったからな」

しみじみと鬼戒坊がつぶやいた。

朽縄が蛇衆を離れ、鷲尾の地に残ってから一年半が過ぎようとしていた。

「十郎太の夢にもあらわれなくなったか、あの男は」

孫兵衛は粗末な板間に寝転がった。

戦働きが終わった束の間《つかま》の休みを、十郎太達は肥前《ひぜん》の山奥で過ごしていた。簡素な農村に宿などなく、小さな寺の一間を借りて、宗衛門の帰りを待っていた。

「それにしても遅《おせ》ぇな、爺ぃ」

指の間で矢を回転させながら孫兵衛が言った。

「旋龍と血河《けつが》の研ぎ直しに、無明次の雫の調達だろ？　こんなに時間がかかるわけはねえだろ？」

先の戦で、旋龍と血河は刃こぼれをきたした。常軌を逸した戦いでは得物を酷使することになる。

刃こぼれもすれば欠けもする。

戦が終わると宗衛門は、仲間の得物を預かり、研ぎ直しや打ち直しを行なう。

「いつも十日もありゃあ十分な直しをして持って来る。いってぇ、爺さんはどこに頼んでるんだ？　知らねぇのか鬼戒坊？」

「昔の商いの伝手《つて》があるらしい。俺も詳しくは知らん」

答えると、薪を炎に投げ入れた。

「ますます、あの爺さん怪しいな」

「詮索するんじゃないよ」

障子が開き夕鈴が入ってきた。

「噂をすれば影だよ」

廊下を見た。

「村に入ってから止まらないくしゃみの元は、どうやらお前達だったみてぇだな」

鼻をすすりながら宗衛門が部屋へと入ってきた。

「爺さん土産《みやげ》は？」

手を差し出す。

「ほらよ」

旋龍を手渡すと、宗衛門は囲炉裏端に座り、炎に手をかざした。

血河を夕鈴に渡し、雫の入った革袋を置く。

「十郎太」

「何だい爺さん」

旋龍との再会に上機嫌の十郎太に、きびしい視線が突き刺さる。

「どうしたいそんな怖い顔して？」

「旋龍が泣いているんだと」

「旋龍はいつでも哭いてるぜ」

調子良く答える。

「馬鹿野郎」

宗衛門の怒鳴り声が冷たい空気を揺らす。

「仁斎《じんさい》が言ってんだよ」

「誰だよ仁斎って？」

「お前達の得物を手入れしてくれてる爺さんだ」

「爺ぃが爺さんって呼ぶってこたぁ、相当の爺ぃだな」

十郎太は笑う。

しかし周囲の誰一人笑っていない。宗衛門の言おうとしていることが皆には解っているのだ。

「手前《てめ》ぇの道具を手入れしてくれてる人のことを悪く言うもんじゃねぇ」

調子外れなほどに上機嫌な十郎太を、たしなめるように鬼戒坊が口を挟んだ。

「なにが言いたいんだよ爺さん？」

「十郎太。お前、最近無理してんじゃねぇか？」

朽縄が蛇衆を離れてから、十郎太はなにかをふっきろうとするように戦場を駆けていた。誰よりも深く敵陣に切り込み、誰よりも多くの敵を倒していた。

「これだけぼろぼろになるほど戦うってのは尋常じゃねぇ、ってよ」

蛇衆の得物はすべて宗衛門が用意している。人並みはずれた者達にふさわしい、どれも上質な武具ばかりである。

「旋龍を使ってる奴の身体は大丈夫か？　って仁斎が心配してたぞ」

「べつに無理なんかしてねぇよ」

おどけた笑顔を浮かべて宗衛門を見る。

「へっ。意地張りやがって」

孫兵衛の皮肉めいた独り言が聞こえる。

「なんだと？」

「それが意地張ってるって言ってんだよ」

今度は鬼戒坊だ。

「十郎太。お前ぇ《め》が頑張っても、あいつの穴は埋まらねぇし、べつに埋める必要もねぇ。いまの俺達は六人で蛇衆なんだ」

鬼戒坊の言葉に顔が紅潮する。

心の内を見透かされたような言葉が突き刺さった。

本音はそうなのだ。

朽縄がいなくなったことで、誰に求められたわけでもないのに、自分がなんとかしなければと躍起になっていた。

空回りをしていることは解っていた。

そのあげく頬に深手を負ってしまった。

夕鈴の寂しげな眼差しが十郎太を見つめる。

自分だけではないのだ。夕鈴だって朽縄と袂《たもと》を分かったことで苦しんでいる。仲間には決して見せなかった夕鈴の寂しさ。十郎太の痛々しい姿が、夕鈴の奥底に隠していた感情を揺り動かした。

俺だけが苦しいわけじゃない。現に夕鈴の血河だってあれから幾度も研ぎ直し、一度など打ち直してもらっているのだ。夕鈴には言えぬことを、十郎太に言うことで、宗衛門は二人に解ってもらおうとしている。

ならばとるべき行動は一つだった。

「心配かけてたってんなら謝るよ」

ぼそりと言うと、うつむいた。

「解ったんなら、もう無理すんじゃねぇぞ」

手に持った薪で顔をつつきながら鬼戒坊が言った。

「で、ずいぶん遅かったじゃねぇか、爺さん」

孫兵衛の言葉に、宗衛門の顔が曇る。

「どうした？　なんかあったのか」

眉間に皺が寄る。

「仕事かい？」

宗衛門がうなずいた。

「今度はどこに行くんだい？」

「筑後と肥後の国境だ」

脳裏に不吉な予感がよぎった。

「いまどこだって言った？」

きびしい眼光でにらみ付けると、宗衛門が息を呑んだ。

「筑後と肥後の国境の山奥だ」

「おい爺さん、それってまさか」

にじり寄る。

「雇い主は？」

鬼戒坊が冷静な口調でたずねた。

「鷲尾家」

「鷲尾だと」

立ち上がる。

踏み付けた床の振動で、囲炉裏から火の粉が舞い上がる。

「危ねぇな」

火の粉を手で払う孫兵衛をにらむ。

「なに呑気なこと言ってんだ。いま爺さんがなに言ったか解ってんのか？」

「いちいちうるせぇ餓鬼だなぁ。解ってらぁ、鷲尾って言ったんだ。わ、し、お」

「喧嘩売ってんのか、てめえ」

挑発的な孫兵衛の態度に喰ってかかる。

「落ち着け、十郎太」

沈黙を守っていた無明次がきびしい口調で制すると、宗衛門へ視線を移して口を開いた。

「鷲尾は解った。それで鷲尾家の誰が雇い主なんだ？」

言うな。

もう一度、宗衛門が口を開けば、正気じゃいられなくなりそうだった。

「雇い主は朽縄だ」

十三

照りつける陽光のまぶしさに、十郎太は目を細めた。

まっすぐな通路《かよいじ》が山まで続いている。

周囲を見渡せば、はるか遠くまで田畑が続き、前方の山裾には、雑然と家なみの連なった集落が見える。

ともに歩く仲間達は、一様に重く口を閉ざし、そんな雰囲気に十郎太もただ黙ったまま歩く。

朽縄が蛇衆を去って一年半あまりが過ぎていた。

突然の別れだった。

なにが起こったのか理解する間もなく、ただ割り切れない気持ちと、沸き上がる怒りを身に留めながら、鷲尾の地を後にした。

宗衛門と無明次だけがなにかを知りながら、それを隠すように黙って城を去ったのを覚えている。

必死に詰め寄る十郎太を、黙したまま宗衛門はやり過ごした。

精神的支柱であった朽縄を失った喪失感は、蛇衆の面々に暗い影を落とした。

あれから七つの戦を闘った。

幸い一人も欠けることなく、なんとか生きてきた。

朽縄が去ってからの日々で、十郎太は少しだけ成長していた。それを示すように、頰には大きな傷が刻まれている。

最後に見た朽縄の姿を思い出す。

深刻な顔から放たれた冷たい視線が、脳裏に焼き付いている。いまにして思えばあの時、仲間には語ることのできぬなにかを秘め、朽縄は姿を現したのだろう。

そして苦渋に満ちた言葉を吐いたのだ。

『俺はここに残る』

心から望んだ選択ではなかったのだということが解る程度には、大人になったつもりだ。

それでも俺達に告げるべきだったのだ。

あんたがともに戦ってくれと言えば、俺達は命を賭して戦ったんだ。

水臭ぇじゃねぇか。

「もうすぐだな」

夕鈴へ語りかける。

「えぇ」

微笑み返す姿に力がない。

己の無意味な生を直視することをこばむように、それまでにも増して戦場を求めた。

夕鈴は変わってしまった。

朽縄のことが、十郎太よりも深い傷となって心に刻まれているのは夕鈴だ。

朽縄を慕っていることくらい、解っていた。

戦で家族を失った夕鈴を、朽縄が救ったことは聞いていた。

戦が夕鈴からすべてを奪ったんだ……

鬼戒坊は語った。

朽縄の側《そば》にいるために、夕鈴は己の身の丈ほどもある太刀を使う術を覚えたのだ。

女の細腕で振るうには、あまりにも重い。重量のある得物を扱うという点では共通する鬼戒坊が、太刀の扱いを教えた。

剣術というよりは棒術の動きであった。

夕鈴はみるみるうちに上達していったそうだ。

十郎太が蛇衆に入る前のことである。

そのころから鬼戒坊は思いを寄せていたのだろう。

不器用な様子を見ていれば、誰でも解る。

朽縄を失った夕鈴を見守る優しい眼ざし。そんな姿を見る度に、胸が痛んだ。

すべては朽縄のせいだ。

考えないようにしていても、いつもたどり着くのはそんな思いであった。

「見えてきたな」

眼前にそびえる山の頂に鬼戒坊が目をやった。

おなじように見上げる。

忘れようとしても忘れることのできない城がそこにあった。

二度と訪れることはないと思っていた地に、戻って来てしまったという実感が、十郎太の心に暗い影を落とした。

「まだ引きずってるのか?」

冷やかすような視線で孫兵衛が見る。

飄々《ひょうひょう》と歩いてにいるが、孫兵衛だって引っかかっていないはずはないのだ。己の気持ちを気取《けど》られることを嫌うように、十郎太を冷やかして見せる。

「引きずってちゃ悪《わり》いのかよ」

ついつい言葉が荒くなる。

「もう二年も前のことだろ？」

指の間で矢を回しながら笑っている。

「一年半だ」

「そうかい」

孫兵衛の口が尖り、甲高い音色が生まれ出た。

のどかな田園風景に、口笛のひびきが吸い込まれていく。

おもむろに無明次が懐から小さな笛を取り出し、口に当てた。

口笛に合わせて、笛から一層高い旋律が空へ昇る。

悲しい曲だ。

耳にひびく物悲しい音色を心にとどける。

どうして人はこうも音に心を動かされるのだろう？

歌舞音曲などにまったく興味がなくても、二人の奏でる悲しい曲に、せつなさが込み上げてくる。

ふと朽縄の照れ笑いを思い出した。

己の感情を表現することが苦手な男だった。

兄と慕い、ずっと背中を追い続けた。

なのにどうして？

涙が溢れ出てくるのを必死にこらえる肩に、鬼戒坊がそっと手を置いた。

「あいつは変わっちゃいねぇよ。きっとな」

城を見つめながら微笑んでいる。

「解るかよそんなこと」

「じゃあ、なぜいまごろ俺達を呼んだんだ？」

いつも核心をつく問いを投げてくる。

「それは」

口ごもることしかできない。

「信じてやろうじゃねぇか、あいつをよ。あいつが好きで残ったんじゃねぇことくらい、お前にも解ってるんだろ？」

解ってる。

でも。

「まぁいずれにせよ、金を貰えりゃどこにでも行くのが俺達の仕事だ。それがどんな客だって変わりはしねぇ。そうだろ？」

うなずいてみせると、父代わりの男は納得したのか歩調を速めた。

「こんな田舎。さっさと仕事を終わらせて早《はえ》ぇとこずらかろうぜ」

砕軀《さいく》が空気を切り裂く音を奏でた。

目の前の城はいまや、細部までうかがい知れる大きさとなっていた。

周囲の田畑は途切れはじめ、道は集落へ伸びている。

城下町は目の前だ。

もう一度、山を見上げる。

「またここにもどってくることになるとはな」

視界に城をとらえる。

峻険《しゅんけん》な山の頂にそびえる堅牢な城は、まるで十郎太達の因果の糸を手繰《たぐ》り寄せる糸車のように、またも蛇衆を引き寄せた。

「立ち去れ」

田畑と集落の境に足を踏み入れようとした瞬間、道の片隅に座っていた老婆《ろうば》が声を発した。

鬼戒坊の足が止まった。

老婆は薄汚れた衣に身を包み、首には数珠をぶら下げている。

諸国を遊行してまじないや祈禱《きとう》で食いつなぐ、巫女《みこ》であった。

「立ち去れ。さもなくば」

「さもなくば何だい？」

やさしく鬼戒坊が問う。

「御主らは死ぬぞ」

老婆の口から発せられた禍々しい言葉に、皆の顔が曇った。

「はっははは。儂等はいつ死んでもおかしかねぇ生き方してる。あんたの御託宣はあながち嘘じゃねぇぞ」

調子の良い言葉を孫兵衛が老婆になげた。

「こんななりしてりゃあ、誰だって戦に来たのは解るさ」

十郎太は旋龍で地を叩いた。

「立ち去らねば皆死ぬことになるぞ」

「ありがたく聞いておく」

そう言うと鬼戒坊が、ひびの入った碗《わん》に金を入れ、手を合わせた。

「まったくこの土地は、よくよく俺達と相性が悪ぃみてぇだな」

弓弦《ゆんづる》を鳴らしながら、孫兵衛が歩き出す。

もう一度、鷲尾城を見上げると、十郎太は孫兵衛の後を追うように城下へ足を踏みいれた。

「いまさらどの面《つら》下げて俺達を呼んだんだ？」

十郎太の言葉が、朽縄の胸をえぐるように飛んだ。

鷲尾城内、朽縄に与えられた部屋である。

かつての仲間達が己を見ていた。

皆一様に複雑な心境を隠すことのできぬ表情を浮かべている。

一人も欠けていないことが心から嬉しかった。

いまでは鷲坂源吾《わしさかげんご》と名乗り、武士として生きている朽縄にとって、昔の仲間達はどこか遠くの存在のように思えた。

十郎太の言うとおりだ。

どの面下げて彼等を呼んだのだ？

「戦が近い」

皆が身を強張らせる。

「戦？」

夕鈴の声。相変わらず涼やかな声だ。夕焼けに染まる山野に鳴る鈴の音のようにひびく。

「左様」

「じゃなきゃ、俺達を呼んだりなんかしねぇよな？」

十郎太が挑発的な態度で言う。勝ち気な性格は変わっていない。頬に残る戦傷が、ますます男ぶりを上げている。たのもしい戦人《いくさびと》へと立派に成長している。

「おい朽縄」

鬼戒坊だ。

「いまは鷲坂源吾と名乗っておる」

「そんな侍みたいな物言いはやめろや」

人なつこい笑みを浮かべている。己を裏切った朽縄に対して、まったく疑う素振りもない。いまもともに戦っているかのように接する。戦場では鬼神となるこの男は、誰よりも優しい。

「そうだぜ。そんな喋り方されてちゃあ、堅苦しくてかなわねぇや」

お調子者なのは相変わらずのようだ。極限の状況で、孫兵衛の冗談に幾度救われてきたことか。

「朽縄よ」

宗衛門だ。なにも聞かずに立ち去ってくれた。思慮深き男の鋭い眼光がこちらに向けられている。

「今度の仕事を請け負うことについては、一つ条件を出させてもらいたい」

「条件？」

「儂等《わしら》は御主に昔のまま、朽縄として接する。御主も儂等に接する時は朽縄でいてもらいたい。鷲坂某《なにがし》などという面倒な名前は儂等の前では捨ててもらう。これが条件だ」

「呑まぬ時は？」

「儂等はこのまま帰る。つぎの仕事のあてもあるのでな」

すっきりと笑う。商売の呼吸を心得た老獪《ろうかい》な男だ。

「承知した」

「それが駄目だって言ってんだよ」

孫兵衛の切り返しに戸惑う。

彼等と別れてからずっと、武士として生きてきたのだ。

やっと侍らしくなってきた。

どうしても侍としてのたたずまいが出てしまう。

一度深呼吸をして、昔の自分を思い出す。

「御主等の言いたいことは解った。宗衛門、御主の条件を呑もう」

納得したように宗衛門はうなずいた。

「俺ぁ納得してねぇよ」

にらみ付ける十郎太の視線が突き刺さる。

座っていた腰を浮かせ、せまってくる。

「なんで俺達を捨てた？」

単刀直入な問いだ。

十郎太らしい。

「それは言えん」

「なんだと？」

「言えん。と言ったのだ」

「なんでだよ？」

頬が痙攣《けいれん》している。怒りを必死に抑えていることが、手に取るように解った。

「お前に言っても仕様のないことだからだ」

「てめぇ」

拳をにぎりにらみ付ける。並の男ならば、震え上がって動けなくなるほどの熱気を、無遠慮に浴びせかける。

「その辺で止めておけ、十郎太」

鬼戒坊の声を背後で受けつつも止めない。

「魂まで侍に売っちまったのかよ？」

いらだちを抑え切れないのか目が充血している。

「答えろよっ」

拳が床板を叩いた。

きしむ音とともに、床板に拳がめり込む。

かない。

「なんだよ、そりゃあ？」

膝元に血が流れてくる。しかし、十郎太は拳を床にめり込ませたまま、にらみ続け動かない。

二人の間に不穏な空気が流れる。

皆は黙ったまま、事の成り行きを注視している。

十郎太の発する問いは、皆が聞きたかったことでもあった。

仲間の心を代弁するように、十郎太は必死に喰い下がる。

「水臭ぇじゃねぇか」

目に涙がたまっている。

「俺達仲間だろ？」

「昔のことだ」

と言いつつも、己の言葉が胸を切り裂いた。

切ない現実を思い知る。

「本気で言ってるのかよ？」

静かにうなずく。

「この野郎」

十郎太が拳を床から引き抜くと、思いきり振り上げた。

微動だにせぬまま、向けた視線をそらさない。

怒りに我を忘れた鍛え上げられた拳を受け止める覚悟だ。いかに朽縄とはいえ、無防備なまま喰らえばただでは済まない。

しかし、それでも受け止める覚悟である。

一陣の疾風が吹いた。

「やめておけ」

「はなしやがれ無明次っ」

振り上げられた拳を、無明次の右手がしっかりとつかんでいる。

「これくらいで良いだろう」

「畜生」

自由な左手をにぎり締め殴ろうとする。

「やめろ」

無明次は、きびしい口調で左手をつかんだ。

十郎太は両手を上げたまま、暴れた。

「畜生っ。はなせよ無明次」

叫びながら一層激しく足をばたつかせている。

「はははははは」

それを見た鬼戒坊が笑う。

「ふふふふ」

つられて夕鈴も笑った。

「ぎゃあっはははははっ。餓鬼だ。駄々をこねる餓鬼だな、ありゃあ」

腹をかかえて孫兵衛が爆笑している。

「笑ってんじゃねぇよ、この野郎」

必死に振り返りながら十郎太が口を尖らせる。

「ふっ」

「あっ。無明次、てめぇまで笑ったな」

「くっくくく」

「お前《め》ぇ」

たまらず噴き出してしまった朽縄を十郎太がにらみ付ける。

「相変わらずだな十郎太」

微笑みかける朽縄に、なにかを思い出した様子で、

「うるせぇよ」

とつぶやくと、ばたつかせていた足を落ち着けながら、つかまれていた腕を振り解い

た。

「あんたにも何か理由があったんだろ？」

「察してくれ十郎太」

深々と頭を下げる。

「もう良いよ……解ったって」

頭をさげたまま動かない。

「解ったって言ってんじゃねぇかよ。解ったから頭を上げろよ。あ」

咽《のど》から必死に一つの言葉をつむぎ出そうとしている。

「兄者」

顔を上げる。

挑発するように舌を伸ばして笑った。

「てめぇ、人をおちょくりやがって」

十郎太が飛びかかってくる。

今度は無明次も止めはしない。

じゃれつく十郎太の姿に、皆が明るい笑顔を浮かべる。

べつの道をえらんだ朽縄にわだかまりがないわけではない。しかし、いまは束の間の仲間の再会を喜ぶ方が賢明な判断であると、皆は笑った。

「蛇衆を呼んだか」

笑い声の漏れ聞こえる戸の前で堂守嘉近はつぶやいた。

一年前に父が死に、堂守家の主となった嘉近は、いまや押しも押されもせぬ鷲尾家の重臣の一員となっていた。

「戦の臭いを嗅ぎつけて獣どもが寄ってきおった」

けわしい視線に悪意の炎が宿る。

「厄介だな」

笑い声のやんだ部屋を背に、嘉近は暗い廊下を歩み出した。

十四

朽縄にとって蛇衆と別れてからの歳月は、長いようで短い時間に思えた。

鷲尾嶬嶄に脅迫され鷲尾家に仕官してから、慌ただしい日々を過ごしていた。

あの日、仲間と離れた朽縄は、嶬嶄に呼ばれ、己の出生の秘密を聞かされた。

鷲尾嶬嶄が実の父である。

突如知らされた事実に戸惑っている朽縄に、仲間の周囲を取り囲む兵の存在を語り、仕官しなければ奴等を殺すと脅してきたのだ。

嶬嶄の申し出を受けた。

末崎弥五郎が後見人となり、鷲坂源吾という名が与えられた。

正式に嶬嶄の子として家中に迎えられたわけではない。

あくまで荒喰《あらばみ》として先の戦の腕を買われ、被官したということになっている。

しかし、当時城内でささやかれていた噂を知る家中の者達のなかには、朽縄を嶬嶄の息子として見る者もおり、家臣でありながら巘嶄の血族という微妙な立場に立たされていた。

足軽組頭《くみがしら》という職を与えられ、弥五郎に指南を受けながら侍としての作法を学ぶ。

父であるはずの巘嶄は、朽縄が家臣となると、まるで切れ味の鋭い名刀を手に入れたかのように、家中の者達を相手に手合わせという名の戦いを強要した。

先の戦での活躍を家中の者達は知っている。誰も手を挙げぬなか、巘嶄は強制的に相手を指名した。朽縄は与えられた相手を痛めつけず、その顔に泥を塗らぬ程度にあしらうのが常だった。

堂守嘉近とも何度か手をまじえた。

幼きころの朽縄を知る唯一の人物であった。

二人は友であったと、後に嘉近は語った。

友であったと言われても、思い出すことができない。

「激しい戦であったからな。あの悲惨な光景を目の当りにすれば、記憶を失ってしまったことも致し方なきことであろう」

そういって笑う嘉近は、色眼鏡で見る侍達のなかにあってただ一人、朽縄を対等にあつかってくれた。

嘉近の優しさにふれる度に彼の語る幼きころの話が、嘘ではないという思いがだんだんと強くなっていく。

　母にも会った。

　城内を歩いていると、侍女に寄りかかるようにして尼姿の女が近づいてきた。隣にいた嘉近が、平伏するのにならい、身をかがめると、頭上から声が聞こえた。いまにも消え入りそうなか弱い声だった。

「そなたが鷲坂か？」

　一礼すると、

「精々励まれよ」

　それだけ告げると、おぼつかない足取りで去って行った。

「法真尼様がなぜ」

「法真尼様？」

「巉嶄殿の御正室だ。歩くこともできぬほど弱られたと聞いておったが」

　角を曲がる背中を見る。

「あの話が真実ならば、あのお方は御主の母やも知れぬ。もしや、御主を見に来られたのでは」

　嘉近の言葉を聞いた瞬間、いままで感じたことのない胸の痛みに襲われた。

蛇衆を思うことがなかったわけではない。しかし、あまりにも変わりすぎた己の境遇に順応することに必死で、後ろを振り返る暇さえなかったというのが実際のところだった。

あのときは仕方なかった。

巇嶄の申し出を拒否すれば、鷲尾家と蛇衆の戦となっていた。

いくら百戦錬磨の蛇衆とはいえ、一国を敵に回すほどの戦力はない。

戸惑いながら、朽縄はいまも鷲尾家の侍として生きていた。

「本題に入るか」

神妙な面持ちの朽縄の目が、かつての仲間達の顔を見渡した。

「戦が始まるんだろ？」

鼻息も荒く、十郎太は言った。

昔のように心を許しているわけではない。しかしさっきの『察してくれ』という言葉には、言うことのできぬ事情があるようだった。

信じてやろう。

心に言い聞かせる。

「今度の戦は先が見えぬ」

神妙な面持ちの朽縄を見、皆の表情もこわばる。

「相手は我妻か？」

鬼戒坊の顔に挑発的な笑みが浮かぶ。

「因縁だもんな」

十郎太の言葉に朽縄が首をふった。

「いや」

「じゃあ相手は誰だ？」

鬼戒坊が宗衛門を見る。あんたは知っているんだろ？　と顔が語っている。

しかし宗衛門はただ朽縄を見つめている。

「鷲尾だ」

「どういうこった？」

十郎太の右の眉だけが大きく吊《つ》り上がる。

「察しが悪《わり》ぃな。この国のなかで戦が起ころうとしてるってことじゃねぇか」

なぁ、と、孫兵衛が同意を求めるように朽縄を見た。

朽縄は無言のままうなずいた。

「兄弟喧嘩か？」

鬼戒坊の顔からさきほどの笑みが消えている。

「たしか、ぼんくらの兄貴と、ずるがしこそうな弟がいたなぁ」

無精髭をさすりながら孫兵衛が思い出すようにつぶやく。

「お前達の言うとおりだ。弾正殿が謀反をくわだてている」

「兄貴が謀反だと？　おかしな話じゃねぇか。兄貴なんだから大人しくしてりゃあ跡目を継げるだろうに」

「そう話は簡単にゆかんのだ」

十郎太の言葉を断ち切るように朽縄が首をふった。

「弾正のせいで、俺達はさんざんな目にあったじゃねぇか。十郎太、お前《め》ぇ忘れたのか？」

呆れ顔の孫兵衛に、頰を膨らませた。

「忘れるもんか。あいつのせいで俺達ぁ死にそうになったんだからよ。兄者は……あんたは馬鹿息子を助けに、一人で飛び出していくし、俺達は敵に囲まれながらあんたと馬鹿息子を助けるために危ねぇ橋渡らなくちゃならねぇ羽目になっちまったし」

微妙な思いが言葉にあらわれていた。

「巉嶄殿は、弾正殿を一国の主の器ではないと考えておられる。その機に乗ずるように、弟の隆意殿が次の主の座を得るための足場作りに躍起になっている」

鷲尾家の者達について語る朽縄の言葉に、皆は小さな違和感を感じた。

もう朽縄は仲間ではないのだという寂しさが、心をしめつける。

「隆意殿の動きにあせりを感じはじめた弾正殿が、このところなにやら良からぬ企みを進めておるらしいという話が巉嶄殿の耳に入った」

「親と子の間に剣呑《けんのん》な空気が流れてるってことか？」

朽縄がうなずく。

「殴り合いの喧嘩になりそうな勢いってわけか」

目を輝かせて孫兵衛が言う。元来戦が好きで好きでたまらない男なのだ。きな臭い空気に触れると気持ちが落ち着かなくなる。

「また戦馬鹿が乗ってきやがった」

十郎太が冷やかすように言った。

「うるせぇ」

「戦馬鹿のくせに槍を振るうのは嫌いなんだろ？　なんだよそれ」

「餓鬼にゃあ解らねぇんだよ。標的にねらいを定める緊張感。あの瞬間の張り詰めた空気がたまらねぇんだ」

「勝手にやってろ」

「この糞餓鬼《くそがき》」

「いい加減にしな」

夕鈴の雷が落ちた。

「もう良いか？」

二人は肩をすくめた。

「嶬崭殿、そして弾正殿と隆意殿の争い。それだけならば事は単純なのだが、この三人をめぐって家中が分裂している」

「嫌だねぇ、取り巻きがどの神輿《みこし》を担ごうかと、必死になって品定めしてるってわけか」

茶化す孫兵衛の顔を夕鈴がにらみ付ける。

「そのとおりだ。三人のうち誰を担ぐのかということで、家中の者達は頭が一杯だ」

「しかし、そりゃあ親父がきっちり跡目を決めちまえば良い話じゃないのか？」

いたって冷静な鬼戒坊の声に、目をつむり朽縄が首を横にふった。

「いま嫡男をどちらにするのかを決めれば、それこそ絶望的な戦になろう。指名されなかった方と、それに加担する者達は必ず牙を剝く」

「それで旗色の悪い弾正の勢力が謀反をくわだてていやがるわけか？」

「あぁ」

「で、朽縄。お前さんはどこに加勢する気でいるんだ？」

核心を突く質問を鬼戒坊が放つ。

「まだ決めかねている」

「どこにも加担しねぇって言うんなら、俺達を呼んだ意味がねぇじゃねぇかよ」

「だが、静観したまま嵐が通り過ぎるのを待つことはできぬ。戦には参陣しなければならんだろう」

「じゃあお前は皦嶄に付くってことだな」

鬼戒坊が朽縄を指さした。

「え、どうしてそうなるんだ？」

十郎太が素頓狂《すっとんきょう》な口調で問う。

仕様のない奴だ。と溜息を吐き、鬼戒坊は語り出した。

「仮に兄弟のいずれかが謀反の兵を起こしたとしろ。その時、この国の領主は誰だ？」

「そりゃあ皦嶄だろ」

「そうだ。結局、皦嶄が生きてるうちはこの国の主は皦嶄だ。ならば、被官の侍達を集めることができるのは領主である皦嶄ただ一人ってことになるだろ？　朽組がどこに付くのか決めていないということは、朽縄が鷲尾の侍である以上、皦嶄に付くってことになる」

「なるほど」

朽縄は鷲尾の侍である。その言葉に、十郎太は一瞬顔を強張らせたが、鬼戒坊の説明に、不承不承《ふしょうぶしょう》うなずいて見せた。

「兄弟のどちらかが謀反なんて悠長な話じゃなく、弾正が謀反の兵を挙げるって話なんだろ。じゃなきゃ一度離れた俺達を呼んだりはしねぇよな？」

皮肉を込めた孫兵衛の言葉にうなずいた。

「どうして俺達なんだよ？」

さらに孫兵衛が問う。

「俺達を呼んだりしなくても、お前《め》ぇは立派な鷲尾家の侍なんだ。したがう人間だっているんだろ？　俺達の力なんかもう必要ねぇだろうに」

「お前達以外に考えられなかった」

「なにが？」

孫兵衛が、無遠慮に問いつめる。

「戦が始まると思った時、最初に浮かんだのがお前達の顔だった。俺が戦をする時にともに戦う者」

皆の顔を見渡す。

「お前達以外に思い浮かばなんだ」

「なんだよそりゃ」

呆れるように孫兵衛は吐き捨てた。

「俺達を捨てて、結局また俺達を呼ぶ。どういう了見なんだか」

さきほどの十郎太の激情とは違う、皮肉混じりの詰問が責めたてる。

「朽縄がこの地に残ったのは、なにかの事情があった。察してくれって言ってただろ？」

夕鈴がかばう。

十郎太の脳裏に、一年半前のこの城で感じた殺気の群れがよみがえった。

「朽縄」

夕鈴が遠慮がちな瞳を向ける。

「鷲尾家に仕官したのは、私達がひとじ……」

「言うな」

言葉をさえぎる朽縄のきびしい口調が室内にひびいた。

「そうなのかよ？」

十郎太の視線に怒気がこもる。

「黙ってねぇでなんとか言えよ。俺達が人質に取られたせいで」

「いや」

強い意志を込めて首をふる姿が、これ以上の詮索をこばんでいる。

「俺が侍になりたかった。それだけのことだ」

「なに格好付けてんだよ」

「もういい十郎太」

　宗衛門が、十郎太の腕をつかんでいる。

「その辺で止めておけ。朽縄は儂等《わしら》の雇い主なのだぞ」

けわしい表情でにらみ付ける。いつになくきびしい宗衛門の様子に、十郎太は口ごもってしまった。

「事の次第は大方解った。儂等は弾正の謀反とともに起こるであろう、この国の戦に御主の兵として加われば良いのだな？」

「たのむ」

「承知した」

　にこやかな笑みを浮かべながらうなずく。

すまない宗衛門。朽縄は心のなかで深く頭をさげていた。

「なんでぇあいつ」

　宿へ向かう道である。

日は西にかたむいている。夕焼けに染まる城下を六人は歩いていた。

「俺達に知られたくないなにかがあるんだろ。解ってやれ」

「なんだよそれ？」

口を尖らせて、十郎太が鬼戒坊を見つめる。

その時である。

無明次の耳に、風を切る音が聞こえた。

己の顔前を右手で素早く払った。

右手をゆっくりと開く。

仲間達にはなにが起こったのか気取られていない。

「用を思い出した。先に宿へ帰ってくれ」

言うと同時に振り返り、いま来た道を引き返しはじめていた背中に、十郎太の言葉が投げかけられたが、それに構うことなく歩みを速めた。

右手に握られた小さな刃は、雫《しずく》と瓜二《うりふた》つ。

あきらかに刃は己めがけて放たれた。

糸のように細く、針のように鋭く無明次の額に殺気が走った。

殺気の主の気配を頼りに、夕闇せまる城下を駆ける。

徐々に速度を上げ、気付けば常人にはとらえられぬほどの速さで、迷路のように曲がりくねった路地を疾駆している。

徐々に気配が近くなる。
刃の主が待っている。
もうすぐ城下を抜ける。
路地の行き止まりが見えた。
行く手をさえぎるように塀が立ちはだかる。
息を一つ吐き出すと、羽のように舞い上がり塀を飛び越えた。
視界に田園風景がひろがる。
城下を抜けた。
走る。
虫の声は止み、いつしかあたりは薄墨色に沈んでいた。
行く手にある林のなかに追い求める気配がある。
あそこだ。
もう一段加速する。
気配の主は闇のなか、ひときわ濃い闇によって人の形をたもっていた。
「ひさしぶりだな」
闇が語りかけてきた。
男の声だ。

無明次の顔が青ざめた。

「お前は」

「会いたかったぜ兄者」

「如雲」

闇がゆっくりと近付いてくる。

月明かりが顔を照らし出した。

「心配するな。いまあんたを殺す気はない」

黙ったまま見つめる。ながい間忘れていた弟の顔を見る。歳を取って老けてはいたが、たしかに如雲に間違いなかった。

「里を抜けたあんたを殺すのが俺の使命だが、俺も当然食わなきゃ死ぬ。いまは仕事の帰りだ。あんたと刺し違えたくはないんでね」

「じゃあ、これはなんだ」

右手のなかの刃を額めがけて投げた。

さきほどの無明次とおなじ動きで、如雲がそれをつかむ。

「ちょっとした挨拶さ。良かったよあんたの勘が鈍ってなくて」

小さな刃を舐《な》める顔が、月明かりに妖しく光る。

「仕事だと？」

「あぁ」

「誰に雇われている？」

「さぁね」

柳の枝のように無明次の言葉を受け流す。

「鷲尾の内紛を調べてどうする？」

里を抜けるまでともに育った弟である。如雲の目的を見抜くと、核心を突く鋭い問いを投げはなった。

「あんたが知る必要があるのか？」

まったく動じることなく冷笑し、なにかを思い出したように目を見開いた。

「あぁ、そういえば鷲尾には、あんたの仲間がいたんだっけな？」

朽縄と無明次の関係を、如雲は知っている。

「あんたが鷲尾の側に付いたんなら丁度いい。仕事と使命を同時に遂行できるってわけだ」

一石二鳥だな。そう言うと耳障りな声で笑った。昔から弟のこの笑い声は好きになれなかった。

「今日は挨拶に来ただけ」

如雲の手が光った。

身体を右にそらしながら左手で小さな刃をつかむ。

「今度会う時は、どちらか一方が死ぬ時だな」

無明次を見つめたまま、如雲が上空に舞い上がり、頭上の枝へ飛んだ。

「そうだ。手土産に一つ教えてやろう」

良く喋る奴だ。無明次は心につぶやいた。

「鷲尾の兄弟喧嘩。我妻も一枚噛《か》んでるぜ」

如雲の気配が林のなかを静かに遠退《とおの》いていく。

夜の闇、一人残された無明次の頭のなかで、如雲の最後の言葉が不吉な音色を奏でていた。

十五

もう後戻りはできない。

末崎弥五郎は落ち着かぬ心をかかえたまま、毎日を過ごしていた。

弾正を鷲尾家の当主に据えるため、隆意へ兵を差し向ける計画を練りはじめて三月《みつき》が経った。

弾正の住まう今部城へ足繁《しげ》く通い、仲間達と謀議を重ねてきた。

いましかない。

はやる気持ちが弥五郎を突き動かしていた。

隆意を推戴する一派は、堂守兼広を失った後、嘉近を筆頭に据え、隆意と嘉近の奸智《かんち》に長けた謀略によって、鷲尾家中での地歩を確実に固めつつあった。

いまでは兄の弾正よりも、隆意こそ次代の当主にふさわしいという家臣が大勢を占めていた。

あせりは募る一方だった。

このまま黙って隆意一派を野放しにしていれば、確実に弾正は当主への道を閉ざされてしまう。

隆意一派に対抗するため、弥五郎が思い付いたのは戦であった。

兵の力で隆意を屈服させ、弾正こそ巘嶄の嫡男であるということを内外に知らしめる。

老いた身に鞭《むち》を打って奔走した。

戦の決意を固めたころ、願ってもない申し出がもたらされた。

隣国の若き国主、我妻秀冬である。

「ともに立ち、隆意を討ち果たしましょうぞ。事成りし暁には、弾正殿を鷲尾家の当主に後押しいたす。我妻と鷲尾。これからはともに手を取り合って行きましょうぞ」

劣勢に立たされていた弾正と弥五郎にとって、秀冬の誘いはまさに天の助けであった。

我妻の加勢とともに、一気に隆意の居城を落とす。

そうすれば、巘嶄も弾正を嫡男として認めざるを得ないはず。

身体に熱い血のたぎりがよみがえってくる。若いころ、戦場を駆けていた時の、皮膚を焦がすような感覚がなつかしかった。ひさしぶりに昂揚している己に戸惑いながらも、我妻の申し出を受ける決意を固めた。

あとは弾正の決断のみ。

一番の悩みの種はそのことだった。

どれだけ説き伏せようとしても、弾正が首を縦にふろうとしないのである。

隆意の思うままに任せておけば、己の身が危ういことは解っているはずなのだ。

なのに、いざ戦の話になると急に口ごもってしまう。

本当に腑抜けになったのか？

心に、弾正への疑いが沸き起こるのだが、それでももう後には引けないのである。

なんとしても決断してもらわねばならぬ。

「我らの勝ちは決まったも同然にござりまするな」

目の前の男が、顔を紅潮させながら語る。

周囲に座る十人あまりの男達はみな、弾正を推す者達だった。

戦への決意を弾正にうながすため、弥五郎以下すべての弾正派の面々が今部城へ集まっていた。

我妻の援軍の確約を得て、皆の士気は高まっている。

この機を逃す手はない。

一様に熱気を帯びた顔つきで語る同志達に、頼もしさを感じ、一方で、弾正の戸惑う姿が暗い影を落とす。

もう迷ってなどいられぬのだ。

回り出した運命の歯車を止めることはできない。

弾正の煮え切らない態度に、怒りさえ覚えてしまう。

「我妻が本当に弾正様を主君として認めるであろうか?」

仲間の一人が神妙な面持ちで切り出した。

たしかにそうである。

隆意に勝ったとして、我妻の兵達が素直に引き返すであろうか?

そんな懸念が脳裏をかすめなかったわけではない。しかし、このままではどうしようもないのも事実なのだ。先のことを考えるよりも、いまは隆意を討つという一事に論点を集約せねばなるまい。

「隆意殿を討てば、巇嶄様も弾正殿を嫡子と認めざるを得まい。そうなれば、それまで相手方に与《くみ》しておった者達もこちらへなびくであろう。万一、我妻がそのまま当家に攻め寄せても、押し返すことは可能」

弥五郎の言葉に男が押し黙った。

「戦後の我妻の動きに気を取られておっても致し方なきこと。いまの儂等《わしら》には、我妻の力が必要なのだ」

勇猛で鳴る男が、弥五郎の言葉を肯定するように吠《ほ》えた。

「そうじゃ。我妻の兵があれば、一気に形勢は逆転する」

男の言葉に周りの者達も賛同の声を上げる。
熱気をはらんだ空気が場を包み込んでいる。
「殿」
弾正に最後の決断をうながす。
肩が一度上がり、大きく見開かれた目が弥五郎を驚きの表情で見つめる。
どうやらいままでの話を忘我のうちに聞き流していた様子だ。
本当にこの男で大丈夫なのか？
みずからに問う。
決して名君とは呼べぬ男を次代の当主に据える。
果たして本当にこの国の将来にとって有益なのか？
弥五郎の心が揺れる。
それでも『あいつ』は言ったのだ。
弾正こそ次代の当主だと。
だからこそ、己の娘を嫁にやった。
幼きころから手を取り足を取り支えてやってきた。
暗愚な主君なれば、己が支えてやれば良い。
巉嶄のような将にはなれぬとも、民衆を思い平穏をもたらす名君にはなれる。

迷いを断ち切った。

いまだ言葉にならぬつぶやきを発し、うつろな目で戸惑う弾正に、優しくもきびしい視線を投げかける。

「殿？」

弾正がまばたきで答える。

「殿、いまをおいて他にはございませぬ。このまま手をこまねいておれば、かならず殿は不遇のまま一生を終えられましょう。冷酷な気性の隆意殿のこと。鷲尾家の当主になった後、殿を生かしておくという保証はどこにもございませぬぞ」

「や、弥五郎」

力ない声でつぶやく弾正に、大きくうなずいて見せる。

「ご心配めされるな。殿のことはこの弥五郎が身命を賭してお守りいたしまする。さぁ、ご決断を」

周囲を取り囲む男達が二人を静かに見つめている。

皆の視線が弾正に集中した。

大きく息を吸い込み、弾正が小さくうなずいた。

「おぉ」

一同がどよめく。

「いよいよご決断なされましたか」

己の下した決断に、戸惑いの表情を浮かべている。

幼少より、進むべき道を己で決めることのできぬ気弱な弾正が、初めて決心した。

「殿、良くご決断なさりました」

涙のにじんだ瞳で見つめる。

「良いか。これから各々領地に戻り兵を集め、戦の支度じゃ。我妻と連係を取り、なんとしても弾正様を主君とあおぐ日を実現させようぞ。めざすは隆意殿の住まう戸岩《といわ》城」

熱い血のたぎりに任せて叫んだ。

皆の雄叫びが身体を震わせ、昂揚を一層あおる。

大丈夫だ。

すべて上手くいく。

己の心に言い聞かせると、もう一度弾正の顔を見た。

青ざめた顔が、弥五郎を見てわずかに微笑んだ。


「そうか兄が動くか」

隆意は真剣な面持ちで腕を組んだ。

弾正謀反の報をたずさえて堂守嘉近は戸岩城へおもむいていた。

弾正の与えられた今部城と違い、隆意の戸岩城は、河を越えれば我妻領という鷲尾領でも有数の要衝であった。

あたえられた責任の重さは何倍も大きい。

弾正は長子であるため死の危険の少ない城を任され、弟である隆意が国境の危険な城を任されたという考えもできるが、巉嶄の性格を考えれば、それはむしろ逆である。

戦の強さ、それが巉嶄が人を選別する第一の基準である。

戸岩城を任された隆意の方が、弾正よりも一歩先んじていると言えた。

嘉近の養父であった亡き兼広は、隆意を次の主君にと擁していた。跡を継いだ嘉近が隆意方へ付くのは必然であった。

巉嶄の旗本出身で、末崎家と肩を並べる名門、堂守家の当主となった嘉近は、鷲尾家中にあって、冷徹な判断力と戦での的確な差配で、一目も二目も置かれている。

隆意にとっても、嘉近はなくてはならない存在となっていた。

「大方、まわりの老人達に担ぎ上げられたのでございましょう」

「末崎の爺様は兄にご執心であらせられるからな」

嘉近の目にも、二人の差は歴然であった。

奸智に長けた弟と、なにごとにも流されてしまう兄である。

天はあまりにも無情であるものよ。と二人を見るにつけ思う。

「兄がねらうはこの城か？」

「そうでありましょうな。御父上に牙を剝き、弾正殿に与せぬ鷲尾家中の者どもすべてを敵に回しては、勝ち目はございますまい。それよりも、隆意様を屈服せしめ、勢いをもって鷲尾家中をまとめ上げる方が得策かと存じまする」

「そこまで器用な男であろうか」

「弾正殿が考えぬとも、担ぎ上げておられる方々がおりますゆえ」

隆意が鼻で笑った。

兄を心底馬鹿にした笑いである。

一度たりとも尊敬することなく、見上げたこともなく、つねに見下し、さげすみ、あきらめの眼ざしで兄を見続けてきたのだ。

「しかし、臆病な兄が謀反など起こすであろうか？」

「一年半あまり前の我妻との戦の折、功をあせり我妻本隊に向け突出したこと、お忘れになられたのですか」

あぁ。と侮蔑の色を浮かべた物言いで思い出したようにうなずく。

「あきらかに儂に負けじと、あせって飛び出しおったな。たしかにああいう突飛な蛮行をしでかす読めぬところのある兄ではあるな」

「今回も隆意様へのあせりからの行動かと」

「それを老人達が焚き付けたというわけか」

「左様」

愚かな。隆意が呆れている。

「そもそも、兄がこんな愚かなことをしでかすことになったのも、父の優柔不断が原因ではあるのだがな」

この男は兄だけではなく父までも己より劣っていると考えている。

おそらく、この世で一番優秀な人間は自分だと思ってはばからぬ神経の図太さを持っているのだろう。

これも生まれのなせる業か。

弾正も隆意も生まれた時から主君の子である。下々の者が平伏するのは当り前。頼まずとも人は己を取り囲み、手を差し伸べてくれる。己がどんな行為に及ぼうとも、誰もそれを否定することはできない。

差し伸べてくれる手に頼ったのが弾正ならば、己の行為を否定する者がいないことで増長したのが隆意だった。

この乱世を生き抜く武士として、一国の主として必要な素養は、隆意の選んだ道にある。

しかし、いずれにしても生まれた時から与えられていた境遇によって形作られた気性であることは否めない。

「父がどちらを嫡男とするのか明言しておれば、このようなことにはならなかったのだ」

言葉の裏に、当然己が指名されたであろうというおごりが見え隠れしている。

「左様にござりまするな」

肯定する言葉に満足そうである。

「まぁ、兄が兵を挙げれば父も黙ってはおれまい」

「弾正殿を負かしたとなれば、巘嶄様も隆意様を嫡男として正式にお認めになりましょう」

隆意の顔が曇った。

「それはどうかな」

「なにゆえにござります？」

「父は別の選択をするやも知れぬ」

隆意の目が嘉近に向けられる。不安をにじませた表情は、自信家の隆意におよそ似つかわしくないものに思えた。

「なにを考えておられます？」

「鷲坂源吾だ」

「あの男がなにか？」

隆意が憂慮する事態を察しながらも問う。自尊心の強い隆意には、気付かぬ素振りを見せるほうが良い。

「あやつが被官人となった経緯《いきさつ》は知っておろう？」

知らぬわけはない。

鷲坂源吾こと朽縄が鷲尾家の侍になった件には、嘉近自身も一枚噛んでいるのだ。

「あやつの噂……真実ならば、父は鷲坂を跡目に据える気やも知れぬ」

朽縄の戦いぶりを思い出しているのか、身震いを必死に堪えようとしている。

「父は鷲坂に惚《ほ》れ込み、みずから家中に引き込んだ。それは一年半前の戦の折の、奴の尋常ならざる武働《ぶばたら》きがゆえ。強さこそ人を選ぶ一番の根拠。なれば父は奴を嫡男にと考えておるのではないのか？　だから、儂をこんな城に」

口ごもった隆意が、捨てたのだ。とつぶやく。

「隆意様らしくもないことを申されますな。そのようなことはござりませぬ。巘嶄様は隆意様を買っておられるからこそ、我妻と接するこの戸岩城を与えられたのではござりませぬか」

「そうであろうか？」

隆意の口調から強さが消えた。無意識のうちに、朽縄の戦場での姿に圧倒されてしまっている。

「鷲坂が巇嶄様の子であるなどしょせん噂にござりまする。現に、鷲坂は鷲尾を名乗ってはおりませぬ。荒喰《あらばみ》上がりの男が鷲尾の領主になるなど、それこそ家中の者達が賛同するわけがござりませぬ」

「だからこそ、父は儂と兄を戦わせようとしておるのやも知れぬぞ」

「考えすぎでござる」

隆意の思考を断ち切るように言いはなつ。

「そのような馬鹿なことがありましょうや」

「父ならばやりかねぬ」

この地上で一番優秀なのは己であると信じて疑わない男が、朽縄へ思考をめぐらせた途端におびえている。

「父は兄と俺を争わせ、ともに倒れたところで鷲坂を子にむかえる気なのかも知れぬ。たしかにあの強さは並の者では太刀打ちできぬ」

「しかし、それは兵としての強さにござりましょう。将に必要なのは目の前の敵を屠《ほふ》る力ではござりませぬ。大局を決し、自軍を勝利に導く力にござる。鷲坂がいかに兵として優れていようとも、将としてふさわしいわけではござりませぬ。隆意様のお考えは杞《き》憂《ゆう》にござります」

「そうであろうか？」

強い意志を込めてうなずいて見せる。

「まずは目の前の戦をどう闘うかに集中なされませ。鷲坂のことはそれからにござります。要は弾正殿との戦に勝てばよいのです。さすれば共倒れすることもない。そうなればいかに嶬嶄様が鷲坂に肩入れしていようとも、正式な御子であられる隆意様を御嫡男として認められましょう。鷲坂が付け入る隙などござりませぬ」

「そうだな。御主の申すとおりだ」

安堵の笑みを浮かべる。

「儂としたことがずいぶん弱気なことを申した。忘れてくれ」

なにも言わずに微笑みを返す。

「兄も愚かなものよ。謀反をくわだてるのであれば、慎重に慎重を期さねばならん。ここまで内情が筒抜けであれば、命を捨てるようなもの」

幾分己を取り戻した隆意が嘉近を見る。

「容赦せず存分に戦功を挙げよ」

暗い声にうなずいて見せた。

十六

「やっと動いたか」

目の前に広げられた地図を見下ろしたまま我妻秀冬がつぶやく。

地図に描かれているのは小諸川《こもろがわ》の向こう岸、鷲尾巉嶃の領する鷲尾領であった。

「弾正が隆意の城へ攻め寄せ、それに呼応し兵を出す」

指先が鷲尾領の南西に描かれた今部城から東北へ動き、小諸川沿いの戸岩城で止まる。

「挟み討ちにござりまするな」

脇に控える如雲の声が聞こえる。

うむ。と素っ気なく答えた。

弾正との密約は如雲の存在なくしては成り立ち得なかった。

弾正に与《くみ》する地侍達のもとを丹念にまわり、書状をばら撒《ま》き、敵の内情をつぶさに見てまわり、弾正側の籠絡《ろうらく》に奔走した。

周囲の説得によって弾正は盟約を結ぶにいたった。

よい男を飼った。

九州の忍《しのび》ではこうはいかない。

探題家、そして大内、大友らの守護大名家が覇権を賭けて争っているとはいえ、やはり京周辺でくり広げられている天皇や将軍をも巻き込む戦乱とは比べものにならない。畿内の戦乱のなか、忍として生きてきた才は、田舎侍の心を翻弄することなど雑作もないといわんばかりの働きを見せた。

鷲尾巘斬、一代で親より受け継いだ所領を倍にした男がいま、己が身中から朽ち果てようとしていた。

「戦の駆け引きに秀でておっても子の心は解らなんだか」

地図に描かれた鷲尾領が、大きく燃え上がって見えた。

「兵の準備はどうなさりまするか？」

「まだ良かろう」

「弾正殿は兵を挙げ、戸岩城に向こうておる最中にござりまする」

「解っておる」

忍としての才はたしかに買ってはいるが、政《まつりごと》に口を挟もうとする出過ぎた行為に、いささか嫌悪を抱いていた。

「殿は動かれぬおつもりか？」

「兵は出す」

不服そうにつぶやくもの言いに、黙ったまま秀冬を見つめている。

「俺と弾正の密約など誰も知らぬのだ。少しくらい遅れたところで大事なかろう」

兄弟喧嘩に興味はない。

標的は我妻の主となった時からただ一人だ。

「必ず巘嶄を討つ」

己の心を確かめるようにつぶやいた。


「鷲坂殿をお借りできませぬか？」

巘嶄の前、弾正の挙兵を知らせる堂守嘉近が申し出た言葉に、朽縄は息を呑んだ。

息子の謀反を聞いた巘嶄は眉一つ動かさなかった。

弟に対する挙兵ではあったが、鷲尾家の被官を巻き込んで挙兵した弾正の行為は、すなわち謀反と同義である。

息子の謀反をいたって冷静に受け止める態度が、朽縄の心を凍り付かせた。

隆意を救援するための出兵を即座に許すと、

「御主だけで大丈夫か？」

と嘉近の身をおもんぱかる。

息子の謀反に心を痛めるでもなく、怒りを露にするでもなく、有能な臣の身を気づかう姿に悪寒を感じる。

いったい、この男の真意はどこにあるのか？

嘉近が救援を望めば、みずから兵を率いて弾正討伐の軍を起こすこともありうる。そんなもの言いであった。

刃向かう者は我が子でさえ容赦なく切り捨てる。

巉嶄の見ている先にはいったいなにがあるのか？

計り知れぬ男がそこにはいた。

目の前の男が父？

己が父であると告げた言葉も、虚言だったのではないのか？

冷酷な巉嶄の姿に臆することなく、嘉近が述べたのが最前の言葉であった。

隆意はかねてから弾正の動静に注意を払っており、迎え撃つ準備はできているらしい。

嘉近の後詰めの兵と隆意の兵で挟撃し、完全に撃破できると、目の前の男は胸を張る。

なにが起こるか解らぬのが戦である。よほどの自信と勝算がなければ、ここまで断言はできぬ。

兵を出すという巉嶄の申し出をやんわりと断っておきながら、願ったのが、朽縄を己の軍に加えることだった。

「源吾」

巇嶄がこちらを見る。

「嘉近の軍に加わり、弾正を討て」

魚を釣ってこいと言わんばかりの軽やかな口調で言った。

子を討てと言うにはあまりにも平然とした姿は、三十二年前、己を殺せと末崎弥五郎に命じたという話も、巇嶄ならやりかねないことだと思わせた。

しかしいまの巇嶄は朽縄にとって主君である。

「承知つかまつりました」

頭をさげた。

嘉近の笑みを朽縄が見ることはなかった。


久しぶりに朽縄とともに戦場に立つ。

心が躍る自分を抑えながら、十郎太は目の前の敵の群れを見つめていた。

朽縄は鷲尾の手勢を連れず、蛇衆を連れ、戸岩城へおもむいた。

「堂守嘉近の申し出だ。今回は蛇衆と俺だけで行く」

蛇衆のみで出陣するわけを聞く十郎太に、朽縄はそう答えた。

嘉近は、十郎太達の潜む林の向かい側に、五十人あまりの兵とともに潜んでいるということだった。

嘉近の兵百五十人のうち、残りの百は城の裏手を攻める敵兵に向けられていた。目の前で戸岩城の城門に殺到する弾正の軍は少なく見積もっても四百は下らない。それだけの兵が、城内に立てこもる隆意をめざし、せまい城門をこじ開けようと必死に押し込んでいる。

その側面にいた。

百あまりの兵であれば隠れることのできぬ小さな雑木林である。六人ならば見つかることはない。

嘉近も同様。城門から伸びる道を挟むように密生する木々の群れを利用し、息を潜めているはずである。

「鏑矢《かぶらや》の鳴る音が聞こえたら、まっすぐ弾正だけをめざし、一気に討ってもらいたい」

嘉近の言葉を思い出す。

「あいつはいってぇなにを考えてやがるんだ？」

小さな声でささやく。普通に声を出して喋ってみても、眼前の軍勢の怒号に紛れて悟られることはない。しかし潜んでいるという行為が、十郎太の声を小さくさせた。

「解らぬ」

「あそこだな?」

孫兵衛が雷鎚《いかづち》を引き絞り弾正の旗へ向ける。溢れかえる兵の群れに紛れて姿は見えぬが、居場所を告げる旗だけは、林からもはっきりと見えた。

鳥が鳴く声。それにしてはあまりに息がながい。

天高く飛ぶ鏑矢が、空を切り裂く音が耳にとどいた。

「合図だな」

朽縄が言うより早く、十郎太達は駆けはじめていた。


鏑矢が鳴く。

後から聞こえてきたのは兵達の叫び声だ。

なにが起こったのだ?

城門に密集する最前線へ目をやりながら弥五郎は嫌な予感を抱いた。

あまりに順調すぎた。

弾正を支持する地侍達と呼応して兵を挙げ、戸岩城を取り囲んでから三日が過ぎている。

嶬嶄からの増援も隆意を救援する兵もあらわれなかった。

隆意は黙したまま城に立てこもり、こちらの兵を食い止めるのは、城から放たれる矢のみ。

順調ではあったが、不安もあった。

奇襲をかけたはずなのに戸岩城がなかなか落ちない。あらかじめ兵を城内に集めておかねば、ここまで持ちこたえられるわけがない。

兵は七百をそろえた。

全力で攻めている。

なのに落ちない。

時が経つにつれ、あせりは大きくなっていった。

我妻秀冬が兵を挙げたという知らせがないことが一層、心をいらだたせた。

そしてさきほど左方の林から聞こえた鏑矢の音だ。

始まった。

昂揚でも恐怖でもない。どちらともつかない奇妙な感覚が、始まりだけを告げている。

「申し上げまする」

顔の半分を真っ赤に染めた兵が飛び出してきた。左の目はどこかに消し飛び、丸い窪《くぼ》みが赤い血のなかでこちらを見つめていた。

凄惨な姿に弾正は血の気が引いている。

「申せ」

叫んだ。

「左の林より敵襲にござります」

「数は？」

息をするのさえやっとの兵が声を上げる。

「解りませぬ」

「解らぬじゃと」

いらだちが声を荒らげさせる。

「なにが起こっておる？」

恐怖を吐き出すように弾正が叫んだ。

「拙者が見てまいりまする」

弥五郎は弾正を見つめてうなずいた。

「よいか。なにがあっても殿をお守りするのだ」

旗本達を一喝すると、馬に鞭《むち》を打つ。

混乱をきたしはじめた兵達のなかに弾正の姿が消えていく。

今度は右方から兵達の叫び声が上がった。

右方から聞こえる声は異常だった。

怒号でも喊声《かんせい》でもない。

悲鳴にちかい叫びが聞こえる。

右方の叫びが徐々に本陣へ近付いていく。

左方の怒号も輪を広げながら押しせまってくる。

弾正の許へ引き返すべきか？

迷ったが、本陣で待っていることに耐えきれなかった。弾正に勝利をもたらすのは己なのだ。

戦人の血が騒いでいた。

「城門より隆意の軍が打って出てまいりました」

前線より舞い戻った兵が弥五郎を見つけ叫んだ。

「我妻の援軍はまだか」

誰ともなく叫んだ。

右方の叫びが本陣間近にせまっているのを感じる。

「殿……」

力なくつぶやく声が、戦場の騒音にかき消された。

十郎太は混乱する敵軍を斬り伏せながら仲間の姿を見た。

弾正へ続く道をただひたすらに切り開く仲間の中心に、かつての兄者がいる。

まるで昨日まで一緒に戦ってきたかのような感覚に戸惑いながらも、進む道を切り開く。

弾正の姿が目に入った。

後方で戦っていた朽縄が弾正をとらえた。

心がたかぶる。

朽縄が一気に十郎太の後方から走り抜けた。つぎの瞬間にはもう弾正の目前まで走り抜けている。

飛んだ。

まったく衰えていない動きに、感嘆の声を上げた。

弾正へ絡み付く身体に力がこもる。

弾正の首が奇妙な形に折れ曲がると、そのまま動かなくなった。

「御首《おんくび》頂戴」

無意識に十郎太の口がうごいていた。

十七

弾正が死んだ。

甲冑《かっちゅう》姿のまま邸《やしき》に戻って来た弥五郎に付き従う者は十人あまり。

担ぐべき主を失った軍が離散する姿は、あまりにも無惨であった。

伏兵へ馬を走らせる弥五郎の耳に、弾正討ち死にの報《しら》せは届いた。

戦場を駆けめぐる弾正討ち死にの報せとともに、戸岩城を囲んでいた味方の兵達は統率を乱しはじめ、なかには逃亡を図る者まで出るありさまとなった。

みずからが後半生をかけて守《も》り立ててきた弾正があっけなく死んだという。

その報を信じられぬ弥五郎は、本陣へ戻ろうとした。

しかし家臣達に羽交い締めにされ、いまは己の身を第一に考えよとさとされ、力の抜けた身体を疾駆する馬にあずけたまま自領に帰還をとげた。

我妻の援軍が来なかった。

奇襲をかけ、すみやかに戸岩城を攻め落とす手筈《てはず》であったのに、どこからか計画が漏れ、隆意側に迎え撃たれてしまった。

敗戦の理由を考えればきりがない。

悔やんでみたところで弾正が戻ってくるわけではない。

弾正が討たれた後、我妻秀冬が鷲尾領へ進軍を開始したという報がもたらされた。

利用されたのだ。

無念に支配された総身を引きずって邸をめざした。

謀反を起こし敗れ、生き残ったところでどうなるものでもなかろう。

思いながらも邸に戻ってきたのには理由があった。

邸内は閑散としている。

出陣の時、兵として使えぬ者はみな帰してしまった。

人気のない邸を、目的の場所をめざして歩く。

廊下に足音だけがひびいている。

背に刺さったままの矢尻が、足の運びに合わせて前後する肩の動きで痛みを伝える。

矢傷がうったえる痛みが、現《うつつ》へと引き戻した。気付けば身体中が痛む。夢中で戦場を駆けめぐるあいだに、無数の手傷を受けていたらしい。

邸の離れが見える。

めざす場所はもうすぐ。

戦場から戻ってきた理由はあの離れにある。

拒絶するように障子は閉ざされていた。

力いっぱい障子を左右に開く。

枠木にぶつかった障子が大きな音をたてた。

「帰って来なすったか」

長いあいだ聞き馴染んだ声が、今日は不快なものに聞こえた。

「負けた」

開け放った障子の前に立ったまま、ぞんざいに言いはなつ。

「ほう」

老いた女の声は、他人事《ひとごと》の気安さである。

いらだちが一層つのった。

「弾正殿が亡くなった。もう終わりじゃ」

老婆の目が弥五郎へ向けられる。

ゆうに百歳に達しようかという老婆の目に黒白の別はなく、皺におおわれた瞼《まぶた》の奥に広がる闇が、弥五郎を包み込もうとしている。

「なぜだ?」

叫ぶ。

「なるようになったまでじゃ」

皺と口の境のあいまいな老婆の頬が、奇妙に吊り上がり、笑みであると告げている。

「儂《わし》を愚弄するか」

室内へ踏み込み、襟元をつかみ上げる。

老婆の顎が笑みを保ったまま近付いた。

「汝《うぬ》の申すとおりに事を運んだのだ。どうしてこんなことになった」

「さて」

とぼけるな。老婆の身体を床へ放り投げる。

枯れ木のような身体が床に打ちつけられた。

老婆は苦しむでもなく、倒れたまま弥五郎を見つめている。

「三十二年前、汝の命を助けてやったのは誰だと思うておる」

「そなたじゃよ」

端的に老婆は答えを返す。無機質なもの言いが、一層いらだちをあおる。

三十二年前のことだ。

時の行く末を予見する巫女《みこ》が、領民達の間でもてはやされていた。日増しに大きくなってゆく巫女の力を恐れた巘嶄が社を焼き討ちにした時、密かに弥五郎は巫女の命を救った。

巫女の力を専有できれば。

そんな思いが弥五郎を走らせた。

巫女を離れに隠し、そのころ死んだ母と入れ替えるようにかくまった。

病をわずらい己以外の人間と会うことをこばむと言って、接触することをはばみ、決断を強いられる局面ではつねに巫女の言葉通りに行動してきた。

結果はこのありさまである。

「そなた、儂を謀《たばか》っておったのか」

「謀る?」

「虚言を弄しておったのであろう」

「ひひひひひ」

笑い声が室内にひびいた。

もはや姿は人間ではない。魑魅魍魎《ちみもうりょう》の類いのそれであった。

「なにがおかしい」

「そなたはなにか勘違いをしておる」

枯れ枝と見紛《みまが》う指が、弥五郎の顔に向けられる。

老婆から発せられるただならぬ気に呑まれていた。

「勘違いだと？　汝《うぬ》は時の先を見通す力を持っておるのではないのか」

「そなたがそう信じておっただけであろう？」

「しかし汝の言ったことが」

「たしかにこの婆《ばば》の言葉でそなたがいまの地位を築いたのは確かじゃな」

老婆が天井を見上げる。顔の左右にある落ち窪んだ闇が、天井の格子を見つめていた。

「すべて嘘だったと申すか？」

「嘘ではない」

天を見上げたまま首を左右にふる。

「婆が申したとおりに物事は運んだのであろう？」

「それは」

「どうじゃ？　嘘とは言い切れぬはずじゃ」

両手を天に向け、なにかを受け止めようとする。

誘われるように天井を見上げるがなにもない。

老婆の発する気に完全に呑まれてしまっている己を、必死にふるい立たせるように、叫ぶ。

「では此度《こたび》の件はどうなる。汝の申すとおり弾正様を守り立て、我が娘を嫁に出し、そして隆意を討つべく兵を挙げた。結果どうなった」

「負けたのじゃろ？」

「なんだと」

目が血走り、手は刀の柄《つか》に当てられている。

「時の行く末が見えると皆に騒がれ、神よ天の巫女よとあがめられてきた婆が申すのじゃ、良く聞きなされ。時は己が目の前に訪れなければ見えはせぬ。これが真実よ」

あまりにも唐突な言葉に身体の力がぬけていく。

「ならば御主にはなぜ、先のことが見えたのだ」

「見えてなどおらぬ」

一度もな。老婆が顔を弥五郎に向ける。

「すべては因果の糸を辿《たど》っておっただけのこと」

「因果の糸？」

「昔、今、そして行く末。三つの時をむすぶ因果の糸。人は今という足下しか見ておらぬ。いや見えぬのじゃ」

老婆の手が糸を手繰るように動く。

「昔より来《きた》る因果の糸は今を通り、行く末へと伸びておる。糸を昔から手繰り寄せ、今という場所を受け入れ、来るべき時へと伸びる糸をつむぐ。それが婆の力じゃ」

あいまいなもの言いだ。言葉の真意を理解できない。察した老婆が言葉を繋ぐ。

「今の姿を作り出した昔を知り、知りうる限りの因縁を集め合わせれば、行く末の姿を予見することは難しいことではない」

「要は予測」

「しかし、行く末を予見する力を秘めておると信じられし者が発する言葉は、果たしてただの予測なのか？」

弥五郎の目を冷たく見つめ、問う。

「人ほど信じやすい生き物はいない。人は信じ、それを力に変え、物事をあるべき方向へと導こうとする。そして己の思い込みを力に変えることができる生き物もいない。人は信じ、それを力に変え、物事をあるべき方向へと導こうとする。婆の言葉を信じ、力に変え、結果へ導こうと動いたとき、婆の言葉は予測という枠で語れるものではなくなる」

真理ではあった。

信じることで迷いを断ち切り、全力で老婆の言葉を実現させることに奔走した。後で振り返れば、老婆の言葉が適中したと思えるが、たしかにそれを信じた弥五郎自身が、己の力で現実にしたと考えることもできる。

「言葉は力じゃ。人をいかようにも変えることができる」

「では三十二年前、巘嶄殿に告げたことも」

老婆がうなずく。

まさか。

「では、呪われし子が巇嶄殿を殺し、国を滅ぼすと申したことも」

「言葉は力だと申したじゃろう？　神とあがめられし者が死ぬ間際に吐いた言葉。その言葉が人にあたえる力は計り知れぬ。御主は婆を生かしたが、巇嶄は死んだと思うておったはずじゃ。婆の力を我が物にしようとした御主が、生きておることを巇嶄に告げるはずはないからのぅ」

すべてを見透かしたような目に、恐ろしい狂気を感じる。

「泣き叫ぶ百姓の群れ。紅蓮《ぐれん》の炎のなかで呪いの言葉を叫びながらつぎつぎと死んで行く信者達。狂乱の中心に鎮座する巫女の最期の言葉じゃ。力はすさまじいものじゃろうて」

納得せざるをえない。

あの時の光景を思い出していた。

神聖なる者に刃を向ける異様な精神状態、あの場にいた侍達の誰もが、異常な空気に呑まれていたのは事実である。若き日の巇嶄さえも圧倒されていた。

「仲間達を死に追いやり、百姓達を絶望に追い込んだ巇嶄を、心の底からにくいと思うた。だから婆はあの男に呪いをかけた。我が子を恐れ、一生悩み苦しむようにとな。まさか殺すとは思うてもおらなんだ」

独特の妖気を孕《はら》んでいる。

老婆の言うことを信じるならば、発した言葉はすべて虚言であったということになるのかも知れない。だが、それでもこの老婆の放つ言葉に得体の知れない力を感じるのは、全身をおおう異様な気のせいであろうか。

「しかし生きていた」

「そうじゃ。生きておった」

「鷲尾に引き込めと申したのは御主」

「良い時に噂が流れてくれた」

「流したのは儂ではない」

解っておる、老婆がうなずく。

「因果の糸に導かれた何者かの仕業であろう」

「どういうことだ？」

「三十二年前、婆が放った因果の糸。いまやどこに繋がり、どこに向かうのか、婆にも解らぬでな」

本当に知らぬのか？

疑いたくなるような物言いだった。

いままで信じてきたものすべてをくつがえされ、頭のなかにはなにも残ってはいなかった。

ただ虚無感だけが支配する世界が全身をつつみ込む。

「儂は踊らされていたということか」

「御主の考えで動いておったのじゃ。婆はただ道を示しただけ。行動したのは御主。いつわりはない」

「だまれ」

刀を抜いた。

「儂はこれまでなんのために」

頬を涙がつたう。

悲しいわけでも悔しいわけでもない。

怒りだ。

いったい誰に向けられた怒りなのか？

目の前の老婆になのか。

それとも踊らされていた自分自身への怒りなのか。

「斬るかね、婆を」

刃を向けられていながらも、老婆の目が平然と弥五郎を見つめる。

妖しい闇に吸い込まれるように、刀を振り下ろした。

薄汚れた白い衣に真紅の筋が走り、みるみるうちに身体を紅く染め上げていく。

血に濡れた身体を保ちながら、老婆の目が弥五郎をとらえたまま離さない。

「どこまでもおろかな男よのぅ」

「だまれぇぇぇ」

悪夢を断ち切るように、細い首めがけて横に薙《な》いだ。

頭上で鈍い音がひびく。

赤く濡れた首から、鮮血が噴き上がる。

今度は足下で鈍い音が鳴った。

音の方へ視線を向ける。

老婆の首が、足ににじり寄るように転がっていた。

目は大きく開かれ、濁った白眼に浮かぶ薄緑色の瞳が、弥五郎の顔をのぞき込んでいる。

「うぎゃあああ」

弥五郎は、頭のなかでなにかが弾ける音を聞いた。

堂守嘉近は配下の兵達とともに弥五郎の邸をめざしていた。

戸岩城の戦は終局をむかえた。

伏兵の出現に混乱した陣中に放たれた朽縄達の働きによって、弾正は死んだ。
神輿《みこし》を失った群れはもはや烏合《うごう》の衆だった。
戦局は殲滅戦へと移行する。
隆意は謀反の首謀者と目される、弥五郎の捕縛を嘉近に命じた。
ちりぢりに逃げまどう敵方の兵に目もくれず、弥五郎の後を追って領内に入った。
我妻の侵攻を知らせる伝令が追い付いたのは、邸を取り囲む直前のことだった。
巇嶄は城を出て、我妻を迎え撃つための兵を整えながら戸岩城へ向かっている。
鷲尾家の混乱は頂点に達しようとしていた。
あせる気持ちを抑えながら、邸にたどり着いた。
早く弥五郎を捕縛し、戸岩城へ引き返さねば。
これからなのだ。
機は満ちつつある。
遅参することなどあってはならぬ。
「立てこもっておる形跡はござりませぬ」
物見の足軽がつたえる。
兵の気配はたしかに感じられない。
本当に逃げ帰って来たのか？

疑問が沸き上がる。

弥五郎が戦場を離脱したのは確かだ。

しかし、確実な手掛りがあったわけではなかった。

追撃がおくれたことを悔やみながらも、逃げ帰るならばここしかないという確信もあった。

「警戒をおこたることなく、門を押し破れ」

兵達に命を下した。

しばらくすると門を壊す激しい音が聞こえはじめた。

周囲から喊声が沸き起こった。

どうやら生き残った家臣達が態勢を整えて襲ってきたようだ。

兵を失うわけにはいかない。

それでも兵達に迎撃の下知を下す。

「殿」

邸に突入していた兵が駆け出してきた。

「どうした」

「末崎殿を発見いたしました」

「でかした。で？」

「それが……」

男が顔をうかがう。

馬を走らせ邸の門をくぐった。


血の海が広がっていた。

一人の老婆が首を斬られ死んでいる。

血だまりのなか、口からよだれを垂れ流し、天井を見上げる弥五郎が座り込んでいた。

顔に意志は微塵《みじん》も感じられず、忘我の海をさまよっているようである。

「末崎殿？」

部屋へ入り肩を揺する。

「へはぁ」

言葉にならない声を上げ、うつろな瞳のまま嘉近の顔を見る弥五郎は、もはや目の前の男が誰であるのかすら解らぬ様子である。

弥五郎の身体を足で突くと、なんの抵抗もなくその場に倒れた。

顔をのぞき込む。

自然と笑みがこぼれた。

「どこまでもあわれな御人《おひと》よ」

廃人と化したかつての猛将の頭を踏み付けた。

なんの反応も返ってこない。

「終わっておる」

その光景を周囲で呆然と見ている兵達に告げた。

「末崎殿を捕縛し、城へ護送しておけ。残りの者は急ぎ引き返し、殿の許へ馳《は》せ参じねばならぬ。急ぐぞ」

詮議しようにも、弥五郎はもはやこの世に生きてはおらぬ。

すでに心は冥府に旅立っている。

赤子のような弥五郎を背に、戦場に向けて馬を走らせた。

十八

はるか後方、馬上に見える朽縄の甲冑姿が、十郎太の目にはまぶしかった。
周囲には蛇衆の仲間達がいる。
この一年半、ともに戦場を駆けてきた。
五人になった蛇衆で戦う八度目の戦にのぞむ。
しかし、今度の戦はいつもと違った。
雇い主は朽縄だ。
かつての仲間はいまや鷲尾家の侍として馬上にあり、後方で己が隊を率いている。
両者の間に歳月とともにできた溝を、兵の群れが埋めていた。
我妻秀冬の軍勢およそ五千が、小諸川を渡河し、鷲尾領へ侵攻した。
今度の戦への秀冬の決意がうかがえる数である。

この戦で鷲尾家との長年の遺恨に決着をつける気でいる。

対する鷲尾軍は四千にわずかに足らぬという状況だった。

弾正の謀反によって被《こうむ》った損害が、そのまま戦力の差となってあらわれていた。

弾正の謀反を迅速に収束せしめ、我妻軍と対峙できたことは幸いであった。

たしかに家臣達のなかに、弾正と隆意の戦の爪痕が残っていないわけではない。

一枚岩にまとまっているとは言いがたい状況のなか、巉嶄は秀冬を迎え撃つ。

巉嶄の本陣の左方の突端に、隆意が陣を構える。そして後方に朽縄の軍の二百あまりが控える。

朽縄にはまだ治める領地がない。

巉嶄より借り受けた兵で戦にのぞむこととなった。

弾正の謀反により鷲尾家の家臣に混乱が生じているいま、将としての戦力を期待され、兵が与えられたのだった。

背後に陣取るのは堂守嘉近の軍である。

敗走した弥五郎の追撃を終えると、とって返し、巉嶄本陣の左翼に軍を構えた。

隆意を先頭に、朽縄そして嘉近の順で我妻軍と向かいあう。

戦闘能力に優れる部隊がすべて巉嶄の左方に集中していた。

我妻軍の右腹を突きくずし、一気に本陣を叩く。

防御に優れる将を右方に配置し、攻撃と防御を完全に分担した布陣であった。

朽縄の隊の最前列、弓隊の隙間に蛇衆は陣取っていた。

蛇衆を知りつくした朽縄は、十郎太達を先頭に置き、一気に敵陣を切り開くつもりだろう。

どうして心が騒ぐ?

さきほどから落ち着かない心のまま、十郎太は眼前に広がる敵軍をにらんでいる。

戦場に立つ緊張などとっくの昔に忘れていたはずなのに、今日はやけに心が毛羽立つのだ。

鎧《よろい》姿の朽縄を見たからなのか。

一年半あまり前にこの地を訪れた際、鬼戒坊から告げられた言葉を思い出す。

侍になれ。

あの時は、たしかに迷っていた。

蛇衆として不確かな未来しか持たぬ己に。

侍になって将来に夢を描くことに。

どうして良いのか解らなかった。

ただ仲間達が好きだったし、蛇衆の一員として生きることが楽しかった。

だから侍になどなりたいと思わなかった。
いや。
侍を否定したかったのだ。
仲間を肯定するために侍を否定する。
ずっと仲間達とともに生きたい。
侍になりたいと思うことから目をそむけたのだ。
なのに。
兄と慕っていた男が侍として戦場に立っている。
そして自分達を雇い、みずからは馬上より戦場をながめている。
朽縄の姿が心を騒がせる。
果たして本当にこれで良いのか？
侍以上に腕の立つ自負はある。
のぞめば仕官の口がないわけではない。
鬼戒坊も言っていた。
お前は立派な侍になれると。
「畜生」
思わず口に出していた。

「どうした？」

孫兵衛が顔をのぞき込む。手にはすでに雷鎚がにぎられている。

周囲に群れなす弓足軽よりも何倍も腕の立つ孫兵衛だ。

「あんたはなんで蛇衆にいるんだ？」

「あ？　前に話したろ？」

唐突な問いに眉をひそめている。

「そうじゃねぇ。こいつらよりよっぽど腕は確かなあんたがどうして蛇衆にいるんだよ？」

顎で足軽達をしめす。

孫兵衛が鼻で嗤《わら》う。

「俺ぁ、侍って柄じゃねぇ」

「柄だと？」

「それに俺ぁ人をしとめる瞬間がなにより好きだからなぁ。侍なんかになって退屈する気はねぇよ」

弓弦《ゆんづる》を鳴らした。

「戦馬鹿」

「うるせぇ」

俺は人殺しが好きなのか？

だから戦場を流浪する蛇衆として生きているのか？

いや。

ならば何故？

「あんまり小難しいこと考えてると、その鳥の巣みてぇな頭から火が出るぞ」

飄々《ひょうひょう》と孫兵衛が言った。

「そしたらお前《め》ぇごと燃えてやらぁ」

照れ隠しに吐き捨てると、一陣の風が吹き抜けた。

戦が始まる。


遠くに輝く甲冑姿が雄々しい。

その姿は夕鈴の知っている朽縄ではなかった。

弾正との戦では昔のように六人で戦った。

離れていた時間を忘れるような一時を感じた。

朽縄と過ごすのはいつも戦場だった。

血と汗と死にいろどられた荒野でともに戦ってきた。

朽縄と離れて一年半あまりが過ぎた。

それからのあまりに長い時間は、あの戦で一気に埋まっていった。

なのに。

またも距離は離れてしまった。

騎乗し、一軍を統率する姿は、まるで別人のよう。

もう自分が気安く口を利ける相手ではない。

思いが胸を締めつける。

なぜ私達を呼んだの？

聞きたかった。

しかし、十郎太の熱い叫びや孫兵衛の皮肉のように、素直にぶつけることができなかった。

真実を知るのが怖かった。

朽縄の口から両者をへだてる絶対的な壁を突き付けられることが怖かった。

「あいつと俺達は雇い主と荒喰《あらばみ》だ」

鬼戒坊の声が陸でひびく。

解ってる。

もうとっくに解っている。

戦場には不用の気持ちなのだ。

抱いていてはいけない感情なのだ。

恋心は人を弱くさせる。

迷いを生み、己を危険にさらす。

しかしいままで一度たりと、朽縄への思いを抱かずに戦場に出たことはなかった。

朽縄のつめたい手が、私を絶望の淵《ふち》から救ってくれた。

生きることになんの価値も見出《みいだ》せなかったあの時、すがりついた朽縄の手のひんやりとした感触を、いまも忘れることができない。

「立派な大将って感じだな兄者」

十郎太が微笑む。

朽縄が兄ならば私は姉なの？

蛇衆をいつしか家族のような感覚で見つめていた。

戦場を生き抜くための仲間なのに。

非情な戦場で必要なのは戦う力だけ。

互いの力を信頼し、ともに戦う仲間なのだ。

血の繋がりなどない。

家族ではない。

それぞれ異なる運命が蛇衆という道を選ばせ、七人を引き合わせただけ。

死に別れることも、別々の道を歩むこともある。

そして朽縄は別の道を選んだ。

「あちらさんの動きがあわただしくなってきたぜ」

孫兵衛が弓弦に手をかける。

「始まったな」

十郎太が大きく伸びる。

もう一度振り返った。

刹那、視線が重なり合った気がした。


背中を鋭い悪寒が襲った。

悪寒の正体を確認するように、朽縄は振り向いた。

せまって来るのは嘉近の軍である。

嘉近の姿が小さく見える。

記憶の霧に沈んでいる幼き日のなかで、嘉近は友だった。

教えてくれたのは嘉近である。

鷲尾家中でなにかと嘉近は助けてくれた。

いまでは昔のことなどなくても友と呼べる間柄であると思っていた。

さきほどの悪寒が気になりながらも、戦い続ける己の兵へ目を向けた。
いまだ。
一瞬、こちらを向いた時には胆《きも》を冷やしたが、わずかの間であった。
朽縄の背中が見える。
大きく息を吸い込み心を落ち着かせた。
これから始まるのだ。
己の手でこの呪われた宿命の決着をつける。
右手が上がる。
「堂守嘉近。これより我妻秀冬殿にお味方いたす」
振り下ろす。
それを合図に放たれた無数の矢が、まっすぐに朽縄の背中めがけて飛んだ。

十九

堂守嘉近謀反。

襲い来る敵兵を薙《な》ぎ伏せる夕鈴は、仲間の叫びを聞いた。

我妻の兵と戦う夕鈴達の背後から、敵へと身を転じた嘉近の軍が押し寄せる。

挟み討ちを受けた形となった朽縄の隊が全滅するのは時間の問題であった。

正面の敵に集中していたため、背後への備えは手薄となっていたところを急襲され、早くも混乱をきたしている。

死を恐れ足軽達が逃げまどう。

必死に攻勢に転じようと奮闘する侍達。

指揮系統を絶たれ、個々が己の考えにしたがい行動している。

我が身を守るのは己の力のみだった。

対する敵は、整然と行動し、目前の敵の混乱に、一層士気が高まっている。

左方にあるはずの隆意の軍も我妻軍に呑み込まれはじめている。

戦の趨勢《すうせい》は我妻方にかたむきはじめていた。

屍《しかばね》の山を築く蛇衆だけが、敵の猛攻をなんとかしのいでいた。

血河《けつが》が、休む間もなく敵へ振り下ろされる。

いつ果てるとも知れぬ、押し寄せる敵兵の波をかき分けるように、血河が道を切り開いていく。

隊が壊滅しそうないまとなっては、目的はただ一つ、己の命を守りきることだけ。

足下に転がる味方の骸《むくろ》。

力及ばず、暴力の波に呑まれてしまった味方であったものを、見下ろす余裕すらなかった。

血河を振り続ける。

腕はずっと前から悲鳴を上げている。

身体が必死に訴える。

もう止めて。

叫びを無視してなおも身体を酷使し続ける。

ずっとそうやってきたのだ。

朽縄に助けられた日から、朽縄についていくと決めた日から、女であることを捨てた。

腕力で男に勝とうとしても無理な話だ。最初から勝負は決まっている。ならば、女である自分が勝てる物を探す以外に道はない。

ひとつの結論にたどり着いた。

心だ。

絶対に折れない心で戦い続ける。

両腕を削がれれば口で刃を握り、脚を断たれれば身体で這ってみせる。

たとえ首一つになろうとも死にはしない。

思うだけならば簡単だ。

夕鈴は戦場に出るたびに、叫び続ける肉体の悲鳴を無視し続けることで実行してきた。すべて、朽縄とともに生きたいがため。

愚かだと自分でも思う。しかし、どうにもならぬのだ。

世界を捨てたはずの私に、朽縄は光を与えてくれた。

朽縄という光を信じて生きていくこと以外、残された道はなかった。

女が一人で生きていくにはあまりにも苛酷な世だった。

身を売り、病に倒れるのが関の山だ。

見知らぬ男に身体をあずけることに慣れ、汚れという感覚さえとうの昔になくしていた。

そんな私を朽縄は救ってくれた。

男にたよって生きていくのなら、目先の欲に捕らわれ、己の身体目当てに金を落とす男達にたよるよりも、力強き男の背を追いかけていきたい。

足手まといにならぬよう、必死に戦う術をみがいた。

戦場に立つ女の姿を好奇な視線で見つめる兵士達にも慣れたころ、太刀さばきは、男達の声を失わせるほどの鋭さを身につけていた。

朽縄を追い続けた末に得たのは、心強い仲間達だった。

それでも心の一番深いところにあるのは、あの日差し伸べられたつめたい朽縄の手なのだ。

嘉近の軍は朽縄のすぐ後方にせまっている。

牙を剝いた嘉近が朽縄に襲いかかる光景が脳裏をかすめる。

「朽縄っ」

血河を敵の首に叩きつけると振り返った。

「どうした夕鈴」

鬼戒坊の声が聞こえた。

周囲は敵と味方でひしめき合っている。

仲間達の姿を見渡すことができない。

群れから頭一つ大きい鬼戒坊だけが夕鈴の姿を捕らえていた。

「夕鈴がどうしたって？」

混戦のなか、槍を振るっている孫兵衛が叫ぶ。

そんな仲間達の声も、いまの夕鈴には聞こえない。

朽縄が危ない。

張り裂けそうになる胸をおさえながら走り出した。

「どこへ行く」

鬼戒坊が叫ぶ。

その声を耳にしながら夕鈴は走った。


「落ち着けよ、おっさん」

狂乱しながら夕鈴を追おうとする鬼戒坊に十郎太は叫んだ。

敵の殺到する混乱のなか、夕鈴は走って行った。

おそらくは朽縄の許に向かって行ったのだろう。

鬼戒坊は夕鈴の身を案じ、いまにもその後を追い、駆けて行こうとしている。

この混乱のなか、一人になってしまうなど、むざむざ死にに行くようなものだ。

いざという時、兵達は蛇衆につめたい。

己の身を挺《てい》してまで荒喰を助けるほど、お人好《ひとよ》しではない。

「夕鈴っ」

鬼戒坊の足が夕鈴の走り去った方に向いている。

「なにやってんだよ」

十郎太が必死に腕をつかんで叫ぶ。

「放せ」

「あんたまで死んじまったらどうするんだ」

片手で旋龍《せんりゅう》を振り回しながら必死に押し留める。

「いまは、目の前の敵に集中しろよ」

「夕鈴を見殺しにしろっていうのか」

「違う」

思いを込めて必死に首をふった。

襲い来る敵兵の顔に、怒りの込もった砕軀《さいく》を振り落とす目が、十郎太をにらんだ。

「信じるんだ夕鈴を。あいつは絶対に死なねぇ。だから俺達もここを生き残るんだ」

自分に言い聞かせるように叫び、敵の首を貫く。

十郎太の心が届いたのか、夕鈴が向かった方を一度振り返ると、鬼戒坊は再び鬼神へと姿を変えた。

身をひるがえしてはみたものの、すべてをさけることはできなかった。

背後から突然襲いかかってきた無数の矢。

燃えるように熱い背中の感覚が麻痺《まひ》していく。
二、三本どころではないだろう。おそらく背中にはおびただしい数の矢が刺さっているはずだ。
遠退きそうになる意識を必死にたもつ。

視界がぼやけるなか、焦点を合わせようとするが、背中のしびれがそれを阻む。

「鷲坂様」

足軽の顔が間近にある。

どうやら落馬したらしい。

「なにが起こった?」

声がかすれている。

聞き取りづらい己の声。どうやら聴覚も支障をきたしているようだ。

「堂守様謀反にござります」

涙目で叫ぶ足軽の姿が揺れて見える。

「正面を我妻軍、背後を堂守軍に挟まれ、我が軍は混乱しております」

答えようとするが声が出ない。

我ながら不覚をとった。

嘉近が裏切るなど考えもおよばなかった。

背後に感じた悪寒。あれは嘉近が放った殺気だったのか。

慣れぬ将という立場が勘を鈍らせたのか、それとも知らぬ間に巨大な群れに飼い馴らされてしまっていたのか。

考えてみても仕様がなかった。

油断していた己を恥じるように、全身に力を込めた。

「鷲坂様」

足軽が心配そうに顔をのぞき込んでいる。

俺をそんな目で見るな。

足に力を込めると、立ち上がった。

ぼやける視界に映る戦場。広がる光景は混乱の地獄だった。敵味方入り乱れて戦う修羅の地平。そのまっただなかにいた。

なつかしい感覚が全身によみがえる。

狂気の支配する世界に帰ってきた。

忘れかけていた血の疼《うず》きが、しびれる四肢に力をよみがえらせていく。

「いたぞ」

背後に声が聞こえた。

「鷲坂源吾だ」

「御命頂戴」

恩賞目当ての侍達が、朽縄めがけて殺到してくる。

「邪魔だ」

目が紅く染まっている。

またたく間に侍達が弾け飛んだ。

介抱してくれた足軽が腰を抜かしている。

背中を襲う痛みは熱く脈打ち、焦がさんばかりの熱が身体を駆けめぐる。

無駄な力が抜け、突き出す拳、蹴り出す脚が鞭《むち》のようにしなりながら敵の急所へ伸びていく。

邪魔だ。

腰にあたる固い異物が邪魔だった。

引き抜く。

刀だ。

鞘《さや》もそのまま、敵に向かって投げつける。

刀を避《よ》け体勢をくずした敵に踏み込み、みぞおちに強烈な蹴りを放った。

敵は身体をくの字に曲げて絶命した。

重い。

全身にまとわり付いているわずらわしい枷《かせ》が邪魔だった。

甲冑を乱暴に脱ぎ捨てる。

しかし、背中に刺さった矢のせいで、どうしても腹を被《おお》う鎧《よろい》だけは外すことができない。

化け物を見るような兵士達の視線が心地よい。

睥睨《へいげい》する真紅の目に射すくめられると、兵達は恐怖に支配された。

とりあえず目についた敵を殺す。

人としての思考は消え失せ、いま朽縄を支配しているのは獣の本能だけだった。

殴り、蹴り、咬《か》みちぎる。

敵の喉元に爪を立て、力任せに握り潰す。

空気の漏れる音が噴き出す血に混じって無気味な音色を奏でる。

蛇衆の時にも味わったことのない狂気が全身を駆けめぐる。

人は常に自我に支配されている。みずからの内に秘めた獣の本能を抑え込むため、人は獣であるという事実から目をそむけている。

そうしなければ人は人として生きていけぬ。

朽縄は人であるという枷を完全に取り払っていた。

みずからの意志ではない。

嘉近が放った殺意の矢が、朽縄の理性を完全に消失せしめたのだ。

生命の危機に瀕《ひん》すれば、誰もが少なくとも理性を失うもの。

戦場という修羅地獄で生きてきた朽縄の本能は、もはや人である最後の砦《とりで》さえ崩壊させてしまった。

人外の獣が真の獣に変貌していた。

いまの朽縄は巨大な一匹の大蛇であった。

本来、笑うという行為は獣が威嚇《いかく》行為として牙を剝き出す仕種《しぐさ》の名残りであるという。

朽縄の笑みが獣の色をにじませていた。

たしかに当ったはずだ。

現に奴の背中は血まみれだ。

なのに立っている。

それどころか手あたり次第に兵達を薙ぎ倒している。

まさに修羅だ。

「矢を放て。あの化け物の頭上に矢の雨を降らせろ」
おびえを隠しながら嘉近は叫ぶ。
合図とともに弓隊がいっせいに矢を放った。
朽縄の頭上に無数の矢が飛来する。
一瞬、朽縄の周囲が黒く染まり、その姿を隠した。
矢の雨が地上に突き刺さり、敵味方構わず貫き、あたりに苦しみの悲鳴がひびき渡る。
「殺《や》ったか？」
身を乗り出す。
兵達が駆け寄る。
地表が盛り上がった。
折れ重なった屍達が、中から沸き上がる力で押し上げられているのだ。
屍の山からあらわれたのは、全身を血に濡らす朽縄だった。
目が嘉近を捕らえている。
殺される。
本能が叫んでいた。
身体が凍り付く。
大蛇と化した殺気があたりを被いつくしていた。

「人の知恵をあなどるなよ」

人は獣を山に追い、平地に里を築いた。

知恵という力が、獰猛《どうもう》な獣をも凌駕《りょうが》する。

嘉近は目の前に立つ一匹の獣を狩猟しようとしていた。

「手筈どおりに仕掛けよ」

後方に控える男達に叫んだ。


嘉近。

目の前の男の名だ。

あいつが俺を裏切った。

殺すべき相手。

朱く染まった視界に嘉近を捕らえた。

あの男の首筋に腕を絡めて締め上げる。

脳裏にあるのは一事のみ。

駆ける。

嘉近の姿が近づく。

目の前を網の目がふさいだ。

瞬間、顔がなにかに止められ後方にのけぞった。

足首に絡み付く小さな蛇。

小さな蛇が足を天へ引っ張る。

身体が地上へ叩き付けられた。

もがこうとする身体を拘束する頑丈な網。足を引っ張っているのは先端に分銅の付けられた二本の縄だった。

「ぐぅぅ」

獣の咆哮を上げながらもがく四肢を貫く鋭い痛み。

「嘉近ぁ」

両腕と両足が、四本の槍で地上に縫いつけられた。

「獣を狩るのは山人の仕事だったな」

声のする方を見上げた。

視界に、騎乗したまま己を見下ろす勝ち誇った嘉近の顔があった。

「おのれぇ」

「吠えるなよ朽縄」

挑発するように笑う嘉近の顔に、牙を突き立てようとするが、槍で地に縫いつけられた身体ではどうすることもできない。

「なぜっ」

「御主の役目は終わった」

自分にいったいなんの役目があったというのだ？

人としての思考がかえってくる。

同時に激しい痛みが全身を襲う。

「死ぬ前にすべてを教えてやろう」

勝ち誇った嘉近の視線が、朽縄の全身をなめ回すようにめぐる。

「御主は鷲尾嶬嶄の子ではない」

「なに」

「鷲尾嶬嶄の子は……」

嘉近の指が流麗に、芝居じみた動作でゆっくりと動くと、己の顔で止まった。

「俺だ」

鷲尾嶬嶄の子が嘉近？

激痛で混濁する意識に、嘉近の声がこだまする。

「呪われた嶬嶄の子。それはこの俺、堂守嘉近よ」

嘉近が馬を降りる。

周囲は嘉近の兵で埋め尽くされ、前線ははるか前方に動いていた。

いまごろ嘉近の軍と我妻軍に挟まれ、隆意と朽縄の両軍は必死に戦っていることだろう。

喧噪から隔絶されたように、二人の間をゆっくりと時間が流れる。

「俺は巫女の託宣のせいで、生まれて間もなく巇嶄に殺されそうになった。助けたのは末崎弥五郎だ。そして沼河城主、沼河為次の次子として育てられた。が、巇嶄の侵略で沼河家は滅んだ。ここまでは御主も知っておるな？　御主自身の話であると聞かされて」

嘉近があざけるように語る。

もがいても地中深くに突き刺さった槍は抜けそうにない。

「俺は逃がされた。どこへだと思う？」

知るわけがない。

「我妻の地だ」

嘉近の足が頭を踏みつけた。

まるで虫けらをいたぶるように、楽しんでいる。

「城が落ちる時、俺は義父である為次からすべてを聞いた」

嘉近が顔の火傷を撫でた。

「俺の父が巇嶄であること。憎むべきは巇嶄であることを。この火傷はその時にできたものだ。焼けて崩れた柱が俺に向かって落ちて来た時、義父、為次は身を挺してかばってくれた。そなたは生きろとな。生きて我が一族と、そなたの恨みを晴らしてくれと」

まるで巘嶄をにらみ付けるような憤怒の眼ざしが朽縄を貫いた。

「そして俺は三人目の父の許に引き取られた」

嘉近の足が顔にめり込む。

「秀冬公の御父上よ。俺は我妻の地で多くの武芸を学び、元服とともに身分をいつわって鷲尾へ帰って来た。さまざまに取り入り、四人目の父となる堂守兼広の養子となり、鷲尾家にもぐり込むことができた」

すべては己の父に復讐《ふくしゅう》せんがため。言いきる目が怨嗟に燃えている。

「鷲尾家で着実に足場を固めていた時、御主があらわれた」

足が上がり、もう一度踏みつける。

「御主の本当の親は、沼河家家老、疋田伝蔵だ」

誰だ?

それが本当の父の名だと言われたところで、鷲尾巘嶄が父であると言われた時と同じように、まったく現実味のない話であった。

「幼きころ、御主と俺が友であったことは本当だ。しかし都合の良いことに、御主はそのころの記憶を失っておった。そこで御主にも復讐の片棒を担いでもらうことにした」

天に向かって高らかに笑う。

「御主が巇嶄の子であるという噂を流したのは俺だ」

すべてこの男が仕組んだことだったのか？

「三十年前に死んだはずの巇嶄の子が生きていたとなれば家中は混乱する。混乱に乗じて鷲尾家を内側から喰いやぶる。俺の謀略はおもしろいように進んだ」

御主のおかげでな。言いはなつ目が朽縄を見る。

「もはや御主に用はない。役目ご苦労」

ゆっくりと刀を引き抜いた。

「おのれぇ」

怒りの咆哮が溢れ出る。

刀が振り上げられ、陽光を反射し視界を白く染めた。

「朽縄っ」

夕鈴？

兵達のなかから声が聞こえた。

「その女は此奴《こやつ》の仲間。早く始末しろ」

嘉近が叫ぶ。

兵達の悲鳴が聞こえる。

夕鈴が汝等《うぬら》のような脆弱《ぜいじゃく》な男どもに殺されるわけがない。
わずかに微笑んだ。
嘉近の視線が降りる。
そして嘉近の刀も。

二十

堂守嘉近の裏切りは、一瞬にして朽縄と隆意の軍を壊滅せしめ、勢いに乗った我妻軍の猛攻に、鷲尾軍は潰走《かいそう》を余儀なくされた。

なおも我妻、堂守両軍の勢いは止まらず、長きにわたり堅牢をもって知れ渡った鷲尾領内を蹂躙《じゅうりん》しながら、日の暮れるころには鷲尾山の麓までせまっていた。

その混乱のなか、隆意も死んだ。

父への復讐に燃える嘉近と、長年の仇敵《きゅうてき》を追い詰めた我妻秀冬の執念は、巉嶄を鷲尾城へ押し込んだ。

隆意が死に、巉嶄が敗走するという緊急事態に、鷲尾家中にも我妻家へ寝返る者が出はじめ、鷲尾家は瓦解《がかい》への道を転がりはじめた。

主君と家臣といえども、結局は土地を媒介にした互恵的な関係にすぎない。

敗色が濃厚になれば、勝ち馬に乗ろうとする者が続出するのも戦乱の世の習いといえた。

武士は二君に仕えずという言葉は、太平の世となり、戦のなくなった後世の武士の美徳であり、誰が敵で誰が味方であるのかさえ明らかでない戦乱の世にあって、主君を乗りかえる行為は、武士の道に反する行ないではなかった。

鷲尾山を取り囲むように焚かれた篝火《かがりび》が夜の闇を照らす。

「綺麗《きれい》だな、まるで緋色《ひいろ》の蛇だ」

鷲尾城の塀に腰掛け、孫兵衛がつぶやいた。平静を取りつくろってはいるが、落ち着かない心が声ににじみ出ている。

そんな背中を、十郎太は黙ったまま見つめた。

城は夜の闇のなか、奇妙な静寂に包まれていた。

焚き火に照らされる仲間の顔が一様に暗い。

結局、朽縄も夕鈴も戻って来なかった。

朽縄が死んだという事実だけは知っている。

壊滅間際の軍中にひびき渡った、鷲坂源吾討ち死にの報せ。

兄者が死んだ？

信じられぬという思いが身体を支配する。

死んだ。

この世に兄者はもういないという事実が突き付けられる。

頭で理解しようとするが、身体がそれを拒絶する。

夕鈴は朽縄の許へ走って行った。

朽縄の危機を誰よりも早く察知し、己の身一つで守ろうとしたのだろう。

たかが荒喰《あらばみ》一人の死が伝えられるはずもない。

夕鈴の生死はいまだ定かではなかった。

だが仲間達は、夕鈴がすでにこの世にはいないことを察しているようだった。

敵の猛攻のなか、十郎太達でさえ四人で結束しながら必死で退いたのだ。誰が欠けていても不思議はなかった。

「おっさん」

かたわらに座ったまま微動だにしない鬼戒坊に声をかける。

どれだけ苛酷な戦場にあっても、驚異的な体力で疲労の色を仲間に見せたことのない男が、いまはじっと座ったまま動かない。

疲れきった姿を十郎太ははじめて目にした。

疲れのせいだけではないことくらい解っている。

夕鈴が走って行った時の鬼戒坊の姿を思い出す。

朽縄を慕っていることを百も承知で、鬼戒坊は夕鈴に想《おも》いを寄せていた。

誰もがその気持ちを知ってはいたが、純粋な想いを目の当りにすれば、口の軽い孫兵衛ですら、面と向かって茶化すことなどできなかった。

どうして女なのに？

命を売って金を得る荒喰稼業、女が生業《なりわい》とするような仕事ではない。

蛇衆の一行に加わった当初、夕鈴のことを理解できずにいた。

そんな十郎太の思いも、戦場での働きを見るにつけ、次第に薄れていった。

夕鈴の戦いぶりは見事なものだった。

仲間である。色恋など無用。夕鈴が一番理解していた。朽縄を想っていても、表に出すような行動を取ったことは、いっさいなかった。

あの時まで。

だからこそ、最後の姿が鬼戒坊の心に一層深い傷を与えたのだ。

「夕鈴は帰って来るさ」

鬼戒坊に語る。

ふんっ。孫兵衛が鼻で嗤《わら》う。

十郎太にもいまの言葉がなんの根拠もない慰めであることは解っていた。しかし、打ちひしがれた姿を見ていられなくなったのだ。気持ちが無意識のうちに言葉となって出てしまった。

不用意な発言を後悔した。

鬼戒坊が楽になるはずもない。

「夕鈴は最後まで朽縄を追っていったな」

目の前の焚き火を見つめながら鬼戒坊がつぶやいた。

「止められるわけがなかったんだ。あいつにとって朽縄は神だったんだから」

「神?」

「あいつは乱取りの犠牲者だったんだよ」

乱取り、と鬼戒坊は言った。

戦が生み出すのは、権力者達の土地の奪い合いだけではなかった。

戦に参加する兵は上級の侍ばかりではない。十郎太達のような荒喰もいれば、百姓もいる。それに下級の武士だっているのだ。

貧しい身分の者達にとって、戦でどちらが勝とうとも大した利があるわけではない。

そんな下等な存在に、勝利した権力者達が許した行為が乱取りである。

破った敵地を強奪する。

食糧や金品にとどまらず、人さえも略奪の対象とされた。捕らわれた人々は、奴隷商人達によって海を渡り、異国で一生奴隷として使われるか、戦勝国へと連れ去られ、最下層の民としての人生を与えられるか、いずれにしても悲惨な末路を歩むことになるのだった。

「夕鈴の生まれ育った村は焼かれたらしい」

脳裏に、己の村がよみがえる。

炎のなか、悲鳴と狂気に満ちた地獄を思い出す。

「あの顔だ。夕鈴は敵兵達の格好の獲物となった。さんざん男達に犯されたあと、敵国へ連れさられた。それからも地獄のような日々が待っていた」

なにも言うことができない。

男である自分には理解することのできない地獄がそこにはあった。

「売られることもなく、百姓に与えられることもなく、夕鈴はある下級武士の家に閉じ込められ、男の欲望のままにあつかわれる日々が続いた。そして男の国も滅ぶ時がきた」

鬼戒坊が枯れ木を火の中に投げ入れる。

「攻め入った軍に俺達もいた。勝った奴等のやることは皆一緒だ。男の家にいた夕鈴を今度はまた違う男達が奪い、襲っていた。朽縄と夕鈴が出会ったのはその時だ」

いつしか孫兵衛も鬼戒坊を見つめている。無明次は相変わらず無言のまま瞑目《めいもく》している。

「俺が駆けつけた時に見たのは、男達の骸のなかで震える夕鈴と、かたわらに立っている朽縄の姿だけだった」

思い出しながら鬼戒坊は語っている。どこか寂しげな顔だった。

「それからだ。夕鈴が俺達の後を付いて来るようになったのは。戦場に女は必要ない。俺達は追い払おうとしたが、夕鈴は頑として立ち去らない。そのうち、道端の骸が抱いていた太刀をひろい、それを必死に振り出した。見るに見兼ねて俺が指南してやるうちに、あいつは才能を開花させていった。はじめから天分があったんだろう。女の身体は男よりも身体の節がやわらかい。あいつの太刀は予測する軌道よりもわずかにずれる。あいつの太刀の腕前は見る見るうちに上達し、いつしか俺達と一緒に戦場に出るようになった。はじめは女であることを隠して戦っていたが、腕が上がるうち、そんなことさえなくなっていった」

夕鈴はみずから戦場に立ったのだ。どうしてそんなに必死になれるんだ？

「朽縄に救われるまでのあいつの人生はいわば人形だった。男達にもてあそばれ、いっさいの感情を表に出さない。人形として生きていれば、そのうち死がおとずれる。その時までじっと耐える。みずから死ぬことさえできぬように執拗《しつよう》に男に監視されるなか、夕鈴の心は壊れていたんだろう。そんな暗闇から救ってくれたのが朽縄だ。夕鈴にとって朽縄は己を救ってくれた神だったんだ」

神……

人を慕う気持ちは、相手を神格化してしまうほどに熱いものなのか？

「あいつの最後の行動は当然のことだったんだ」

自分に言い聞かせるような鬼戒坊の言葉。

仲間は黙って聞くしかなかった。

「そなたは」

門兵の声が聞こえた。

城門のあたりで兵士達が騒いでいる。

城内のいたるところに傷付いた兵達がうずくまっていた。

これから城にこもることになる。

疲労と憔悴の入り交じった表情を浮かべる兵士達の顔が、騒ぎの起こっている城門に向けられていた。

ほどなく騒ぎがおさまった。

いったい、なにが起こったんだ？

周囲を我妻軍に囲まれた城に、こんな夜更けに人がたどり着くことなどできるはずもない。

しかし、城門付近で起こった小さな騒ぎは、あきらかに人の来訪を告げていた。

兵士達の波が割れる。

鬼戒坊が立ち上がる。

孫兵衛は塀から飛び下りた。

恐れに満ちた兵士達をかき分け、白い人影がこちらに向かってくる。

松明《たいまつ》の明かりに照らされても、赤く染まることのない青白き姿は、まるで幽霊のようだ。

冷気を発し、妖しき幽鬼が近付いてくる。

女だ。

「夕鈴？」

信じられない。

真夜中に戦場から帰還するなど。

しかし、こうして夕鈴は十郎太達の前に帰ってきた。

鬼戒坊が駆け寄る。

十郎太も後を追う。

憔悴しきった美しい顔がはっきりとうかがい知れるほどに近付いた時、夕鈴の腕に抱かれている物の存在に気付いた。

それは白い布に包まれた人の頭ほどの塊だった。

心がざわつく。

歩みを止めることなく、夕鈴は近付いてくる。

布の底面あたりが血に濡れている。

「みんな……」

放心した様子で、夕鈴が鬼戒坊の腕に倒れ込んだ。

布の塊が転がり落ちた。

布が地に広がり、包まれていた物が目に留まる。

「兄者」

無念の叫びを上げるように大きく開かれた口。なにかを瞳に焼き付けるように見開かれたままの両目が十郎太を見つめる。

朽縄だ。

兄の死を信じることができなかった十郎太に、朽縄自身が真実を告げていた。

仲間の顔を見た瞬間、気が抜けてしまった。

周囲には心配そうに見つめる仲間達の姿がある。

「気が付いたか？」

やさしい十郎太の声が聞こえた。

重い身体を起こすと、皆の顔がならんでいた。

中央には布に包まれた朽縄の首がある。

間に合わなかった。

夢中で戦場を駆け抜け、たどり着いた先に待っていた朽縄は、見るも無惨な姿になっていた。

槍で四肢を地面に縫いつけられ、必死にあらがっている姿が胸を締め付けた。

かたわらで勝ち誇ったように嘉近が微笑んでいる。

抑え切れない感情の昂《たかぶ》りのなか、高らかにみずからの陰謀のかずかずを披瀝《ひれき》する言葉を聞いた。

そしてすべてを知った。

嘉近の策謀と、鷲尾家の権力闘争に朽縄と蛇衆は呑み込まれてしまったのだ。

わずかな人間の我欲のために、これほどまでに人は翻弄されるのか？

目の前の兵士達も、一握りの人間達が巻き起こした渦のなかで、翻弄される人々の一部なのだ。

そして運命の渦のなかで、朽縄が命を絶たれようとしている。

叫んだ。

嘉近に知られぬように戦場の混乱に紛れて救うつもりだった。
しかし怒りが身体を震わせ、朽縄の姿を見た瞬間、叫びが口から飛び出していた。
朽縄の首に刀が振り下ろされた。
瞬間なにかが弾けた。
それまで己を支え続けていた大切ななにか。
なぜ生きているのか？
それすらも解らなくなってしまった。
人形だったころの己が、ふたたび鎌首をもたげはじめる。
激しい痛みが身体を襲う。
襲いくる敵の刃が身体を切り刻む。
呆然と立ち尽くす目には、首のない朽縄の骸だけが映し出されている。
首を手に一人の足軽が、前線へ走り去ろうとしている嘉近の後を追う。
待て。
血河が群がる兵を両断していた。
返せ。
返せ。
あの人の首を返して。

己の血で紅に染まった身体を奮い立たせ走った。

目に映るのは朽縄の首をかかえた足軽の姿だけ。

立ちはだかる者達に視線をやることさえなく、血河を振り回す。

さきほどまで生きる気力さえ失おうとしていた身体が、いまは不思議なほどに軽い。

切り刻まれているはずなのに、痛みさえ感じない。

朽縄の首を取り返す。

熱い思いが身体を突き動かしていた。

嘉近は、足軽に持たせていた首を槍で突き刺し、己が手にかかえ、夕鈴を一瞥《いちべつ》すると馬に鞭《むち》を振り上げた。

待て。

嘉近が遠ざかる。

追っても追っても追い付くことができない。

それからしばらく戦場を駆け続けた。

敗色濃厚となった鷲尾の兵を勢いにまかせて殺戮《さつりく》していく我妻の兵達の姿にいらだちを感じた。

下衆《げす》が。

見下すように片っ端から敵兵を薙《な》ぎ倒していく。

再度、嘉近を見つけたのは夕闇がせまろうとするころだった。

敗走する巘嶄を追走する我妻軍のなかにいた。

どこをどうさまよい歩いたのかさえ定かではないほど疲れきった身体を、もう一度奮い立たせた。

首はどこ？

嘉近の手にはもう朽縄の首はなかった。

嘉近を護衛する足軽達のいずれかが必ず持っているはずだ。

我妻秀冬へ差し出すまでは、朽縄の首は手柄なのだ。

野辺に打ち捨てはしない。

嘉近に照準を合わせた。

一気に走る。

悲鳴を上げる身体。

死んでもいい。

朽縄の首を取り返し嘉近を殺す。

目的を果たせるのならば、命が尽きようと悔いはない。

一心で駆けた。

整然と進軍する嘉近の軍が近付く。

後方より忍び寄る夕鈴の姿に敵が気付いた時には、すでに戦闘態勢を整えていた。
たった一人の奇襲だった。
乱心した女が太刀を振り回しながら突入してきた。
騒然とする嘉近の軍。
嘉近の姿が目前にせまった。
脅《おび》えるようになにかをかかえながら、一人の老いた足軽が逃げるように駆け出す。
あれだ。
老兵に向かって飛んだ。
血河が老兵の背中を突き抜け、腹から飛び出す。
白い塊が地面に投げ出される。
右手で血河を振り、襲いかかろうとする兵士達を牽制《けんせい》すると、塊を拾い上げた。
布の間から朽縄の目が夕鈴を見つめている。
やっと会えた。
短く微笑みかけると、憎しみに満ちた視線を敵に向ける。
左手に朽縄をかかえたままでは、嘉近をねらうことは難しい。
ここは一度退《ひ》こう。
周囲は敵に囲まれている。

たった一人。

それでも負ける気はしない。

まだやらねばならぬことがあるから。


「傷は痛むか？」

鬼戒坊の声が過去から夕鈴を引き戻す。

「大丈夫」

十郎太が手当てしてくれたが、傷の痛みが消えることはなかった。しかし、いまはそんなことを気にしている時ではない。

「なにを考えている？」

きびしい目で鬼戒坊が見つめる。

隠しても無駄だ。

いつもすべてを見透かされていた気がする。

深い想いを秘めた瞳が痛い。

決して応えることのできない想いが胸を刺す。

鬼戒坊をいつわることはできない。

「嘉近をこの手で討つ」

二十一

「無事だったか」

巉崩に呼ばれていた宗衛門が帰ってきた。

夕鈴を見つめて安堵の表情を浮かべる宗衛門の顔がひどくやつれているように十郎太には見えた。

「なにかあったのか？」

「まぁな」

いやなもの言いだと思った。

宗衛門がこういう風に口ごもる時は決まってなにかある時だ。

「爺さん、夕鈴が嘉近を討つって言い張って聞かねぇんだよ」

「嘉近を？」

さっきから夕鈴はうわ言のようにそればかりを繰り返している。一人でも必ず仕留めるといって聞かない。なにがあったのかと問いただすが、宗衛門が帰ってきてから話すと言ったまま黙ってしまった。

「いったいどうした？」

戦のあいだ城内で、蛇衆の皆を待ち続けていた宗衛門。敗戦の報を耳にし、仲間の安否に心を砕き、嶰嶄が帰って来るとすぐさま城内に呼ばれた。疲労の色が隠せないのも無理はない。

「宗衛門。私は明日、嘉近を討つ」

夕鈴が包みを解く。

「朽縄っ──」

宗衛門が走り寄ると首を抱いた。

「お前、どうして」

皆にはばかることなく宗衛門の目から涙がこぼれる。

「仇を討ちたいんだ」

泣きながら首を抱き続ける背中を見つめ、嘉近が朽縄に言った言葉を夕鈴は語り出した。

真相を告げる嘉近の言葉に、皆の顔が凍り付く。

「どういうこった？」

孫兵衛が眉間に皺を寄せる。

「朽縄が巇嶄の子？　本当は嘉近だった？　何のことだ？　俺は全然知らねぇぞ」

混乱する思考がそのまま十郎太の口から飛び出した。

いったいどういうことなのか？

鷲尾の地で起こったすべてのことが、頭のなかを駆けめぐる。

「そういうことだったのか」

納得がいったように宗衛門がうなずいた。

あきらかになにかを隠している。

「宗衛門。あんた、なにか隠してるな？」

十郎太の思いを代弁するように鬼戒坊は言うと、宗衛門をにらんだ。

「いまさら隠していても始まらぬようだな」

朽縄の首を丁寧に置くと、皆の顔を見渡す宗衛門は、無明次へ視線を送ると小さくうなずいた。

「一年半前、儂等《わしら》がこの地から出ることを禁じられた時、無明次に色々と探ってもらった」

それから宗衛門の語ったことは、おどろくような話だった。

無明次がなにか別の仕事を依頼されていることは薄々感じてはいたが、そんな仕事をしていたとは思いもしなかった。

「朽縄が巉嶄の子であるという噂。それを耳にした巉嶄が朽縄を引き入れるために儂等を人質に取ったこと。それは知っておった」

「やっぱり黙ってやがったなこの野郎。おい、なんで隠してやがった？」

十郎太が怒りに任せて叫ぶ。

「話せば御主達は朽縄を救うと言うだろう？　それは朽縄の本意じゃあなかった。いや」

そこで一度大きく息を吸った。

「儂と朽縄の本意じゃなかった」

「爺さんと兄者のだと？」

目を血走らせて詰め寄る。

「朽縄と儂には夢があった」

「夢？」

どうやら鬼戒坊も知らなかったようだ。

「儂は山の民の生まれだ」

はじめて宗衛門が己の出自を語った。

「山の民は山で暮らし、里の者と交流を持たずにみずからの領分で生きる民だ。が、儂はそんな暮らしが嫌だった」

「どうして？」

孫兵衛の声だ。

「若かった。金を手にしたい。里で一旗上げて裕福な暮らしがしたい。そんな他愛もない夢をいだいて儂は山を降りた」

若かりし日の自分を思う宗衛門の顔はどこか辛《つら》そうだった。

「だが、里の者は山の民につめたい。下賤なる者。野蛮なる者。里の者が放つそんなつめたい目に、儂の夢が愚かな幻だったことを思い知らされた。が、啖呵《たんか》を切って出てきた手前、いまさら山にも帰れはせぬ。儂は身分をいつわり、里での生き方を必死に学び、小さな商いを始めた。旅から旅、その土地にある物を別の土地に行って売る商い。そんな小商いでさえも、里には商人達の世界があり、認めてもらうことができなければ真っ当な商いはできない。どうしようもない世の中の仕組みに、儂は辟易《へきえき》していた。朽縄の父代わりの大蛇《おろち》とは、そのころやっていた商いを通じて知り合い、おたがい友と呼ぶまでの間柄だった」

「大蛇ってのは朽縄に殺しの術を教え込んだ男だろ。いってぇ何やってたんだ爺さんは？」

孫兵衛が口をへの字に曲げながら言った。

「大蛇は忍《しのび》だった。それも相当な使い手だった。大蛇が都で仕事をしていたころの幕府は、将軍の跡目争いや御家人同士の覇権争いによって混乱の極みにあった。いまじゃあ権威も地に落ちた幕府も、当時はまだ力があった。権謀術数の道具に大蛇は使われておったのだ。儂は大蛇ら、忍にさまざまな物資を商う仕事をしておった」

十郎太の知らない宗衛門の過去だった。

「欲に取り憑《つ》かれた権力者達に使われる生活が嫌になった大蛇は、都を捨て生まれ故郷の肥後の山で暮らす決心をした。帰る旅の途中、この地で傷付いた子供をひろった。朽縄だ」

「どうして子供なんかひろったんだ？」

「自分でも解らぬと申しておった。が、一人で生きていくことが寂しかったのかも知れん。大蛇は朽縄に自分の持てるすべてを教え込んだ。目的があったわけでもない。父が息子に生きる術を教えるように、大蛇は朽縄に殺しの術を教えた」

皆が黙って聞いている。

「大蛇が病に倒れたのは朽縄が十九のころのことだった。山の暮らししか知らぬ朽縄のことを、大蛇は儂に頼むと言った。もう自分の命が長くないことを知っておったのだろう。それからすぐに大蛇は死に、儂は朽縄を連れ、山を降りた」

宗衛門の視線が鬼戒坊に向けられた。

「鬼戒坊と旅をともにし、朽縄も得た。二人の類い稀《まれ》な力を使って商いをすることを思い付いたのはそのころだ」

蛇衆の誕生の瞬間だった。

「儂の考えたとおり、二人は戦場で存分な働きを見せた。御主等も加わり、儂は金ではない別の夢を抱きはじめた」

宗衛門の夢とはなんなのか。

朽縄はそれをなぜ共有していたのか？

知りたかった。

「こんな稼業に手を染める者は、この世ではぐれた者達だ。儂も山の民であるということで、ずいぶん辛い目にあってきた。この世に身分なんておかしな物があるから人は苦しむのではないか？　ならばいっさい上下のない国を作ればいい。それを実現させるための力がいま儂の手にはある」

宗衛門は皆を見渡した。

「爺さんは国を作ろうとしてたのか？」

あまりにも唐突な夢に、息を呑む。

「小さくても良い。すべての民が分けへだてなく暮らせる国。それが儂の夢だ」

「兄者もそれを？」

「儂の話に小さく微笑み、面白そうだと言った。こいつも里に降り、さまざまな辛い目にあってきたからな」

手がやさしく朽縄の頬にそえられる。

「おそらく朽縄は曦嶄の申し出を利用しようと考えたのじゃろう」

「だからもう一度俺達を呼んだのか？」

「そうだ。朽縄はこの戦で功を挙げることで、夢へ一歩近付くつもりだったのだろう」

「なんだよそれ」

十郎太は首をふる。いきなりぶちまけられた宗衛門の話で、頭が爆発しそうだった。さっきからわけの解らない話ばかりだ。

知らないところでさまざまな人の想いが絡み合い、うごめいていた。

「朽縄の思惑もすべて、嘉近の掌の上で転がされておっただけだったとは」

声に怒りがにじんでいる。

「そんなことはどうでも良い」

夕鈴が話を断ち切った。

「私は嘉近を討つ。それだけさ」

「相手は我妻の将だ。俺達だけで相手にするのは無理がある」

つめたい視線を孫兵衛が投げる。

「それでも私は行く」

「待て夕鈴。早まるな」

きびしい鬼戒坊の口調を、はねつけるように夕鈴が言いはなつ。

「早まる？　誰も早まってなんかいない」

あきらかに夕鈴の様子がおかしい。さきほどまであんなに青ざめていたはずの顔が紅く染まっている。

「わざわざ死にに行くようなもんだぜ」

孫兵衛の顔を鬼戒坊がにらみ付けた。

「落ち着いて考えれば、嘉近を討つ策はあるはずだ」

「けっ、冗談じゃねぇ。籠城を決め込む鷲尾にそんな力はありゃしねぇよ」

闇にしずむ城を孫兵衛が見上げる。

「今度の戦だけとは限らんだろ？」

「それこそ何年がかりの仕事だよ？　いつから俺達ぁ、仇討ちが仕事になったんだ？」

血河の柄が、孫兵衛の胸を突いた。

「何しやがるっ」

「ごちゃごちゃ五月蠅《うるさ》いんだよ。最初から一緒に来てくれなんて頼んでやしないよ」

「落ち着け」

「放してっ」

鬼戒坊の差し伸べた手を振り払った。

「私は嘉近を討つ。死んでもいい、骸になったって奴だけは私が殺す」

目まで赤い。

泣いているのではなく、殺意に満ちた夕鈴の目は狂気で真紅に染まっていた。このままでは仲間に剣を抜きかねない。

夕鈴はどうしても行く気なのだ。

「ならば俺も一緒に行こう」

微笑を浮かべながら鬼戒坊が言った。

「おいおい冗談だろ？」

ひややかな孫兵衛の視線が鬼戒坊に向けられた。

夕鈴の決意はかたい。

鬼戒坊もともに行く。

もう置いて行かれるのはごめんだ。

「俺も行くぜ」

「十郎太お前《め》ぇ、死ぬつもりか？」

乗り出す孫兵衛を、熱気をはらんだ眼ざしで刺す。

「死にに行くんじゃねぇ。嘉近の首を取りに行くんだ」

「同じことだろ？」

「お前ぇは平気なのか」

「なにがだよ？」

「兄者はいってぇなんのために死んだんだ？　戦のせいで親を失って、嶬嶄が自分の命かわいさに子供を殺そうとしたことで兄者はもてあそばれたんだ。そして利用する価値がなくなったからって殺されちまった。なんなんだよ一体。そんなに侍って奴は偉ぇのかよ」

怒りにまかせて叫んだ。

難しいことは解らない。

だけど身体中をみなぎる怒りの炎の熱さだけは解る。

怒りの鉾先《ほこさき》をどこに向けるのか？

解ってる。

「俺ぁ行くぜ。兄者を殺された仇はきっちり取ってやらぁ」

「仇だと？　俺達は戦で金を得る。いつ死んでも文句は言えねぇんだ。仇なんて言ってたら命がいくつあっても足りねぇよ」

「ならお前は来なくていい。それだけのことじゃねぇか」

「そのつもりだ」

くだらねぇ。言いはなつと孫兵衛は、背を向けて城へと消えていった。

「お前はどうする？」

鬼戒坊が無明次を見た。

黙ったまま塀を見ている。

「なんとか言えよ」

言いながら詰め寄る。一度十郎太を見ると無明次は、軽やかに塀へ飛び移り、そのまま城外に消えた。

「あいつ逃げやがった」

信じられない。

まさか無明次が。

つねに無口でなにを考えているのか解らないところはあるが、仲間だと思っていた。

「どのような道を選ぼうと詮索も干渉もせぬ。儂等の決まりだったはずだ。仕様がない」

鬼戒坊が十郎太をなだめる。

「三人いれば十分だ」

「四人だ」

宗衛門が口を挟んだ。

「丁度良かった。巉嶄に呼ばれて、明朝儂等だけで我妻の本隊に奇襲を掛けろと言われてきたところだ。切迫した状況で荒喰《あらばみ》に食わせる飯はないだと。どちらにせよこの城には居《お》れなんだ。儂も付いていくぞ」

宗衛門は立ち上がると伸びをした。

「足手まといだ。あんたは残れ」

鬼戒坊の言葉に宗衛門が首を鳴らす。

「商人の旅ってのはこれで結構危険なんだ。儂も役に立つと思うがな」

旋龍《せんりゅう》を手に取り、宗衛門がふる。

「やるじゃねぇか」

歳のわりに見事な槍さばきに、感心して笑った。

「目にもの見せてやろうじゃねぇか」

景気の良い声で言うと、宗衛門は夕鈴を見つめて微笑んだ。

「ありがとう」

夕鈴の目から一筋の涙がこぼれた。

闇夜に染まる木々のなかに絶命の叫びがひびいた。

倒れる人影を背に、二つの影が振り向く。

「飼い主へご注進か？」

「無明次」

左の男がにくにくしげに言った。

「聞いていたんだろ？　俺達の話を」

二人との間合いをゆっくりと詰める。

「ここらで幼いころからの因縁に片をつけようか」

「おのれ」

男が頭巾を取った。

月明かりに照らされた顔は、やはり如雲のものである。

「俺達が明日、嘉近の陣へ奇襲を掛けること、我妻秀冬に報告するつもりだろうが、そうはいかん」

「行け」

如雲がささやく。

男は小さくうなずくと素早く振り返り、立ち去ろうと跳躍する。

逃がすわけにはいかない。

雫《しずく》が頭部を貫いた。

男が頭から地面に倒れる。

「たった六人の俺達がそんなに怖いか？」

「思い上がるなよ」

如雲が背中の鞘から刀を抜いた。

「いずれお前は殺《や》るつもりだった」

「ならばなぜ来なかった？」

如雲が口ごもる。

「お前は幼いころから俺のことが怖かったんだろう？　だから俺の居所を知っていても来ることができなかった」

「黙れ」

打ち消そうとするように、刀が虚空を裂いた。

「しゃべりすぎた」

飛ぶ。

月明かりに照らされてきらめく銀色の雨が、如雲の頭めがけ降りそそぐ。

如雲の身体が後方へ跳ねた。

さきほどまで如雲の立っていた地に、無数の雫が突き立った。

「霧刃雨《むじんう》か」

声が聞こえた。

めざす先は、夜空を見上げる如雲の背後。

気配を察した如雲は、身体を回転させながら刀をこちらの首めがけてふった。

風を斬る音。

お前の動きはお見通しだ。

刀を避けるためにしゃがみ込んだ身体を一気に伸ばし、腹を蹴り上げる。

如雲が宙に浮く。

逃がしはしない。

無防備な身体めがけて雫を放つ。

肉を削ぐ音とともに如雲が地面へ落下した。

空中で身をひるがえし、急所への直撃を避けてはいたものの、放った雫は身体を捕らえている。

如雲は素早く立ち上がった。

激しい痛みが感覚を鈍らせているようだ。背後に回り込んでいることに気付いていない。

「終わりだ」

ためらいなく拳を突き出す。

にぎられた拳の間には雫が仕込まれている。

背中に刺し込む。

力を失った如雲の腕から刀が落ちた。

「おとろえてないようだ」

ゆがむ顔で語りかけると、如雲が己の両肘を突き出し、背中に抱きついている無明次の脇腹に叩き込んだ。

腹部を濡らす感触とはげしい痛み。

肘に刃を仕込んでいたのか。

つめたい刃の感触が腹中をえぐる。

「死ねぇ」

如雲の肘が力を込めていく。

拳を回転させ背の肉をえぐる。

如雲のゆがんだ口から血がこぼれ出す。

拳を引き抜くと素早く両腕を如雲の首に絡めた。

目が見開かれる。

朽縄の技だ。

腹部の出血で意識を失うよりも先に、如雲の意識を断ち切るには一番効果的な技だった。

渾身《こんしん》の力を込めて絞り込む。

しかし腹部に差し込まれた刃のせいで、力が入らない。

言葉にならない声を上げ、如雲は人指し指と中指を突き立てた奇妙な形を作ると、無明次の首に向かって放った。

腹から刃が飛び出した。

突き出された指が首を刺し貫く。

首から流れる鮮血。

どちらの意識が先に切れるのか？

首に突き立つ指から力が抜ける。

腕がだらりとさがり、如雲の身体が急に重さを増した。

口から血の泡を噴き出しながら、命の灯が消えるまで締め上げる。

寒い……

出血が身体の熱を奪っていく。

視界が徐々にぼやけてゆく。

絶命した如雲を地面に投げ出した無明次の身体が、弟に覆い被さるようにして倒れた。

二十二

山の稜線が東の方から白く縁取られていく。
朝はもうすぐそこまで来ていた。
山を包囲する篝火《かがりび》は絶えることなく夜を照らしているが、その役目ももうすぐ終わる。
森の木々がもたらす闇は力を弱め、薄暗い視界を十郎太達に与えていた。
鷲尾城を出てから半刻（約一時間）あまりの時が経っている。
眼下に嘉近の軍が篝火に揺れていた。
数は四百あまり。
百倍の敵との戦が始まろうとしている。
騒ぎが周囲に知れ渡れば、我妻の本隊も動くだろう。
勝ち目のない戦なのは最初から解っている。
しかし、どれだけ多くの兵を相手にしようと、どれだけ多くの命を奪おうと、求めるものはたった一つだ。

堂守嘉近の首だけ。

蛇衆の運命を操った挙げ句もてあそび、朽縄の命を奪った男、それが今日の獲物だ。

「奴ら本気で鷲尾を潰すつもりだぜ」

眼下に広がる兵の波をながめながら十郎太が言った。

「鷲尾がここまで崩れたことはいままでなかっただろう。いま決着を付けられぬのならば、我妻秀冬もそれまでの男だったたってことだ」

背中で十郎太を鼓舞するかのように、笑みを浮かべた鬼戒坊が立っていた。

「まさか四人で奇襲を掛ける愚か者がおるなど思ってもおらぬだろうて」

隣で宗衛門が語る。

いままで蛇衆の屋台骨を、小さな身体で支え続けてきてくれた。

おかげで熱く激しい人生を歩むことができた。

「そしてまさか、たった四人に大将の首が取られるとは思ってもいないでしょうね」

嘉近の陣所に立つ旗をまっすぐに見つめて夕鈴が言った。

誰よりも朽縄のことを夕鈴は想い続けていた。

十郎太にとって朽縄が兄ならば夕鈴は姉だった。

姉が死地におもむくと言うのなら、共にゆくのは当然だった。

嘉近までまっすぐに突っ切る。

これだけ包囲されていれば正面から突っ込む以外に道はない。

後方に回り込んで敵の混乱を誘い、すみやかに嘉近の許にたどり着ければ良いのだが、それは不可能な話だ。

正面突破しかない。

並の兵ならば相手にならぬ戦だが、蛇よ鬼よと恐れられた蛇衆なのだ。一人一人の力量が違う。

四百人の兵を壊滅させるとなれば、さすがに無理な話だろうが、嘉近の首をねらうのならば道もある。

立ちふさがる敵を薙《な》ぎ倒し、背後の敵には目もくれず、嘉近だけをめざす。

早暁の隙を突いて突入すれば、必ず成功するはずだ。

「そろそろ行くか?」

鬼戒坊が振り向き夕鈴に告げた。

夕鈴は黙ってうなずいた。

「よっしゃ」

身体に溜めた気合いを一気に吐き出すと、十郎太が跳ねるように斜面を下った。

鬼戒坊が後を追う。

夕鈴と宗衛門が後に続いた。

山が哭《な》いている。

紺色に染まる鷲尾山がとどろくような雄叫びを上げている。

幻聴か？

朝日に煙《けぶ》る鷲尾山を、嘉近は見つめた。

昨日から城に動きはない。

野戦を得意とする巇嶄にとって、籠城は避けたいはずだ。

しかしこれだけ迅速に山を包囲されたとなれば、城にこもるしか手はなかった。

勝った。

長年の夢をついに果たそうとしている。

幼きころに己の宿命を知った。

すべてを奪った者が自分の父だったと知ったとき、嘉近の心は壊れた。

巇嶄の命を我が手でうばう。

妖しき巫女の予言に操られているわけではない。

心に消えることのない復讐の炎が嘉近を突き動かしている。

その炎で父を呪い殺す。

素性をいつわり、殺すべき相手に平伏することなど雑作もないことだった。

自尊心はとうの昔に捨て去った。

義父、堂守兼広もこの手で殺した。病といつわって毒殺し、堂守の家を我が手にした。

赤子の己を救った弥五郎でさえ、復讐のまえではただの便利な駒だった。

弾正と隆意の不仲をあおってもやった。

そして朽縄だ。

朽縄があらわれたことは瑞兆《ずいちょう》だったのかも知れない。

巇嶄をたぶらかし、兄弟を戦に突き動かし、ついにここまで漕《こ》ぎ着けたのも、朽縄の力が大きかった。

あと少しだ。

あと少しですべてが終わる。

呪われし子であるというのなら、宿命を果たしてやろう。

己が復讐のため、己が欲望のために。

また山が哭いた。

呪われし蛇に総身を締め上げられ、断末魔の叫びを上げる鵟の声か？

それとも人の愚かしき性《さが》を山の神があわれみ、震えているのか？

「さっきから聞こえる音はなんだ？」

問われた兵が不思議そうな顔でこちらを見ている。

「さっきから山がとどろいておる」

「拙者には聞こえませぬが」

聞こえぬ？

ならばこれは空耳なのか。

いったい、この声はなんなのか？

深き地の底から沸き上がる亡者のうめきのような声は。

『死ね蛇よ』

蛇？

はっきりと聞こえた。

山が言った。

嘉近をにらみ付ける一つ目のように、鷲尾城が山頂に妖しく光る。

「死ぬのはお前だ」

恐れを振り払うように叫んだ。

周囲を取り囲む兵士達が騒然となる。

また山が哭いた。

「敵襲」

前線からの声が耳にとどいた。

嘉近へ続く道を、まっすぐに切り開くように、鬼戒坊の砕軀《さいく》が振り下ろされる。下敷きになった兵達は、なにが起こったのか解らぬまま無惨な肉塊となった。

「無駄な殺しはしたくねぇ。死にたくない奴は黙って見てな」

十郎太は叫ぶ。

縦横に伸びる旋龍が死体の山を築いていく。

宗衛門も二人に負けぬように槍をふるう。

さすがに二人の鬼神には劣るが、それでも立派な武者ぶりだ。

「夕鈴」

血に濡れた鬼戒坊の顔が夕鈴を見つめる。

うなずくと、三人が作った道を進む。

進み、敵が押し寄せるとまた三人が道を開く。

そうやって進んでいくより術はない。

敵は突然の襲来に混乱をきたしている。

味方が四人だと全軍に知れ渡る前に、なんとか嘉近までたどり着かねばならない。

「敵襲だと？」

ありえぬ。

城は静まり返っているではないか。

「敵の数は？」

「それが」

眼前の兵が戸惑っている。

「どうした？」

「どうやら数人の模様」

数人？

敵襲ではない。

敵は数人だと？

愚かな行ないだ。

いったい誰がそんな蛮行を行なう。

しかしこの混乱はなんだ？

数人の敵を屠《ほふ》るのに、なぜ兵どもが混乱をきたしている？

「まさか」

奴等がきた。

「仇討ちか。ふん、おもしろい」

ならば返り討ちにしてくれるまで。

「敵は取るに足らぬ小勢だ。一気に数で押し潰せ」


敵の包囲が厳しくなった。

密集する兵達の圧力がはげしく十郎太達を押し包んでいく。

「気を抜くなよ十郎太」

全身に肉片をこびり付かせながら鬼戒坊が叫ぶ。

「誰に言ってんだ、おっさん」

旋龍が死の螺旋《らせん》を生む。

しかし奮戦してもつぎつぎと襲いくる敵の群れに、四人の身体が徐々に押されていく。

「爺さんっ」

宗衛門の肩に矢が突き立った。

痛みを堪えてなおも槍を振るう額に汗がにじんでいる。

「だから爺さんには無理だって言ったんだ」

「気づかい無用」

はね除《の》けるように宗衛門が叫ぶ。

「危ない」

宗衛門の頭上に刃が光る。

血河が刃の主の首をはねた。

「済まん」

「くそぉお」

「やけになるなよ鬼戒坊」

十郎太の声から余裕が消えている。

無理なのか。

前方にひるがえる旗をにらみ付けた。

疾風が吹いた。

いや雨だ。

銀色の雨。

取り囲んでいる兵達の悲鳴が耳をつんざく。

眼前に一塊の闇が舞い降りた。

「行け」

背中越しに語りかける声。

「無明次？」

「ここは俺が食い止める。嘉近を討て夕鈴」

全身を血に濡らし、肩で息をして無明次が立っている。

いったいなにがあったのか？

「やっぱり来やがったか」

「そんなことは良い。はやく嘉近の許へ行けっ！　十郎太」

無明次が叫んだ。

いついかなる時でも冷静な無明次の叫びに、十郎太の顔がこわばる。

「行くぞ」

鬼戒坊が夕鈴の腕をつかんだ。

嘉近にむかって進む夕鈴達に背中を向けると、無明次は仲間を追おうとせまる敵に向かって叫んだ。

「これより先には一歩もゆかせぬ」

身体は悲鳴を上げている。

生きていることが不思議なくらいの傷を負いながら、無明次は戦場に立っていた。

なんのため？

わからない。

忍の道をすてた自分が生きてきた場所に戻りたかっただけ。

蛇衆とともに歩んだ道。

人を殺すことしか能のない自分を受け入れてくれた場所。

戻る場所はここしかなかった。

敵が無明次めがけておしよせてくる。

先に行かせるわけにはいかない。

決死の殿《しんがり》。

戦の退却時、勝ちに乗り追撃する軍勢をふせぎ、大将を無事に本国へ退却させるため、最後尾に陣取る軍が全滅覚悟で敵軍を阻むのが殿である。

如雲との死闘の末にひろった命は尽きかけている。

どうせ死ぬのなら、仲間を嘉近の許へ送り届けるため、己が身を挺して楯《たて》となる。

覚悟は決めている。

里を捨てる時に一度は死んだ身だ。

いままで十分生き長らえてきたのだ。

それも蛇衆があったからこそ。

「たった一人、手傷を負った身でなにができる」

叫びながら敵が襲いくる。

右手が光った。
敵の額にきらめく雫。
それを開戦の合図に、おびただしい数の敵が無明次めがけて殺到する。
身体に縫い付けられた雫を引き抜いては敵の急所に的確に命中させる。
死の淵に立ち、集中力が極限にまで高められた。

敵の姿が止まって見える。

静止した時間、自分一人だけが生きているような錯覚。
少しずつ時間が流れはじめる。
次に敵がどう動くのか？
どのように槍を突き出してくるのか？
飛来する矢の軌道。
すべてが手に取るように見える。
徐々に放つ雫の数が減っていく。
雫の残数に不安を感じたわけではない。
相手の動きが明確に解る状況にあっては無駄な手数は無用だ。

一発必中。

一人の敵の命を奪うために一つの雫を使う。

ゆるやかに流れる世界で目の前の敵が倒れていく。

倒しても倒しても次の敵が目前にあらわれる。

殺到する敵のなか、舞い続ける。

互いの死が交錯する戦場で、無明次は死とたわむれる。

悦楽の時に没頭するあまり、身体にまとう雫をすべて使い尽くしていたことに気付かなかった。

武器がなくなったのならば。

ひろえば良い。

敵の命を奪う牙は、足下を覆い尽くしている。

骸の腰の刀を抜き取る。

もう一つ。

両手に握った二つの刀。

左右の刀が敵の首を薙ぎ飛ばす。

二本の腕がすさまじい速度で交錯する。

まるで三面六臂《ろっぴ》の阿修羅像。

阿修羅と化した無明次に、周囲の敵が気圧《けお》されはじめていた。

「どうした、敵は一人なのだ。行け、行けっ」

侍大将らしき男が馬上から檄《げき》を飛ばす。

声に急《せ》き立てられるように敵兵達が死に物狂いで槍を突き出す。

四方から伸びる槍。

「小うるさい奴」

つぶやくと飛んだ。

殺到する足軽の頭を踏み台がわりにもう一度跳躍すると、馬上の男めがけて右足を突き出した。

男の鼻骨が粉砕する心地よい音を足先から感じ取ると、そのまま身体をあずけて男を馬から突き落とす。

刀を男の胸に突き立てる。

大将を討たれて敵がうろたえている。

踏み潰され、蛙《かえる》のような顔で絶命する男から視線を上げた。

そのとき頭のなかでなにかが切れる音が鳴った。

頭の奥深くに鋭い痛みが走った次の瞬間、世界が動き出した。

ゆるやかに流れていた世界が、急にすさまじい速度で動き出した。

いや。
無明次の世界が止まったのだ。
息をする。
生きている。
しかし身体が動かない。
どれだけ力を込めても、手も足も動いてはくれない。
あんなに軽かった身体が、いまは鉛のように重い。
「放てぇ」
聞こえる。
耳は聞こえる。
目も見える。
だが。
視界に色はない。
黒白の世界。
空が墨色に染まった。
雨……
黒い雨が降り注ぐ。

動くことはできない。

静かに目を閉じた。

身体を貫く無数の矢が全身を引き裂いてゆく。

顔さえも判別できぬ針の山となった無明次の身体が、音もたてずに倒れた。


無明次の姿が兵の波に呑み込まれ、消えた。

わずかに振り向いた十郎太の視線の先に、もう無明次の強い背中はない。

襲い来る敵。

押し寄せる波が一層激しくなっている。

奇襲に混乱していた嘉近軍が態勢を整えはじめているようだ。

襲来した敵は数人。

事実が知れ渡ったのだ。

猛攻をしのぐだけで精一杯の状況のなか、十郎太の前を走る夕鈴の背中は一心に嘉近に向かっている。

視界をさえぎる敵を突く。

ひたすら突く。

旋龍を持つ手が返り血に濡れ、滑りそうになる。

跳躍し、敵の背中の旗指物《はたさしもの》を奪い取る。
そのまま貫く。
十郎太の手が旋龍を滑る。
「ちっ」
旗をくわえ、染め抜かれた堂守家の家紋を断ち切るように、引き裂いた。
ちぎった旗を手に巻き、旋龍をしごく。
血の塊を削ぎおとし、しっかりと旋龍をにぎりなおした。
「どっからでも来やがれ」
天に向かって叫ぶ。
己を鞭打《むちう》つための叫び。
身体に力がよみがえってくる。
「その調子だ十郎太」
砕軀を振りながら鬼戒坊も叫ぶ。
心を奮い立たせなければ、目の前の数という力に押し潰されてしまいそうになる。
砕軀が敵の横腹を叩く。
食いしばった歯の間から漏れるうめき声とともに、男の身体が十郎太へ飛んでくる。
飛来する敵の身体を旋龍が捕らえた。

旋龍で受け止められた衝撃は、男の身体を貫き、背中から穂先が飛び出した。
旋龍を滑る男の身体が目の前で止まった。
「邪魔だ」
鼻息荒く気合いを吐くと、渾身の力をこめ旋龍を横にふった。
男の身体が旋龍を離れ、眼前の敵へ飛んでいく。
骸を避けようと後ずさる敵兵を追撃するように走る。
骸を追いかける十郎太。
敵の視界は骸でさえぎられ、後方を走る十郎太の姿は死角に隠れてしまっている。
視界が晴れた敵が次に見たのは、己に飛んで来る輝く槍先だった。
一瞬のうちに四つの骸が転がる。
しかし、休むことはゆるされない。
めざす敵はまだまだ先なのだ。
「待ってやがれ」
目の前に広がる殺気の波に向かい、十郎太は叫んだ。
最初から足手まといになることなど百も承知だった。
なのになぜ付いてきた?

宗衛門は朦朧《もうろう》とする意識のなかで自問していた。
五十の坂を越えた身体で足軽のごとく戦えるわけがない。
しかも仲間は一騎当千の猛者《もさ》である。
仲間の足を引っ張ることは目に見えていた。
それでも戦のなかにいた。
宗衛門の最初で最後の戦。
金で戦を請け負う蛇衆が金を捨て戦う私闘。
蛇衆であって蛇衆ではない。
今度の戦を一人安全な場所から見ていることはできなかった。
理由はもう一つあった。
朽縄の見ていた景色を一度見てみたかった。
夢を共有していた唯一の男。
朽縄は仲間であり友であり、そして我が子だった。
この歳になるまで家族を持つことのなかった宗衛門にとって、蛇衆は家族だった。
世間というきびしい現実に弾き出された者達。
異能であるということはつねに世間から拒絶されるものなのだ。
蛇衆が力を示せば示すほど、世間は認めようとはしない。

人である一線を越えた力は恐れられる。

他者より優れた力を有するあまり、他者から拒絶される存在。

優れていることがなぜ悪い？

儂《わし》が変えてみせる。

宗衛門は国を欲した。

小さな国でいい。

暮らす者が平等である国。

世間の汚濁をさんざん見てきた宗衛門にとって、それが綺麗事であることも解っている。

努力する者と怠惰な者。

才覚で伸《の》し上がる者と、乏しき力量ゆえ不遇なる者。

すべての人を平等にあつかおうとしても、個人の素質はいかんともしがたい。

だが、人が人を身分だけで判断するような、いまの世の仕組みだけは許せなかった。

小さな国を手に入れる。

だからといって領主になる気はない。

朽縄の役目だった。

人の上に立つわけではない。

人々の意見を取りまとめる存在。
強さと思慮深さを合わせ持った朽縄ならば、できたはずだ。
宗衛門の夢を乗せひた走る駿馬《しゅんめ》になるはずだった男は死んだ。
夕鈴が愛した男を失ったように、宗衛門も夢への階《きざはし》を失った。
奪った者を許さぬ気持ちは一緒だ。
ならば。
嘉近を地獄に引きずり堕とす。
そのためにできることはなにか？
戦い続け、振るい続けた腕はしびれている。
足の震えも止まらない。
息は熱く、己に命じ続けていなければ呼吸を続けることさえ危うい。
老齢な身が、熱き想いの枷《かせ》になっていた。
「夕鈴」
鬼戒坊の叫び声が聞こえた。
血河《けつが》を振りかぶった夕鈴の背後に敵兵が襲いかかる。
槍が夕鈴の背中めがけて突き出された。
鬼戒坊が助けようと駆け出す。

そこからでは間に合わぬ。
十郎太が飛ぶ。
足を敵がつかむ。
「くそったれがぁ」
あせるな十郎太。
出番が回ってきた。
時がゆっくりと流れる。
夕鈴へと伸びる槍。
いまからでも間に合う。
確信した宗衛門の身体が最期の力をみなぎらせた。
流れ来る時へ己の命を繋ぐ必要はない。
いまこの一瞬。
この瞬間にすべてを放出する。
宗衛門の足が地面を蹴った。
衝撃。
背中に夕鈴の体温を感じる。
「宗衛門っ」

夕鈴の悲痛な叫び。

己の身体を必死の形相で貫こうとする敵の槍を、両手でがっちりとにぎり締める。

このまま夕鈴まで貫かせはしない。

老体にできることをやったまで。

「この野郎ぉ」

旋龍が男の顔を耳から耳へと貫いた。

身体に突き立つ槍から力が失せた。

「父っつぁん」

鬼戒坊の手が肩に触れる。

熱い。

「宗衛門」

夕鈴が背中を抱く。

「爺さん」

十郎太の血に塗《まみ》れたたくましい顔。

立ち止まってる時ではないだろう？

「行け」

必死に声を絞り出す。

眠気が身体を襲う。
三人が離れない。
周囲は敵に囲まれている。
十郎太と鬼戒坊が敵の猛攻を防ぐなか、夕鈴が身体を抱いている。
「早く行け」
意識が遠退きそうになるのをこらえて言う。
動こうとしない夕鈴。
なにをしている？
もう眠ってしまいそうだ。
これ以上、困らせるな。
「こんなところで立ち止まるな。儂を置いて早く行け」
最期の力を込めて叫んだ。
もう力は残っていない。
まぶたが重い。
暗闇。
朽縄がいた。
うなずく朽縄の手が伸びる。

朽縄。
手をにぎる。
行こう。
二人で新たな夢を見よう。
宗衛門は二度と醒《さ》めることのない眠りに身をあずけた。

嘉近の旗が間近になびいている。
もうすぐだ。
鬼戒坊の目は一点に絞られている。
振り回す砕軀は骸を生み続ける。
砕軀の重さを感じる。
疲れが身体を鈍らせているが、それでもひたすら砕軀を振るう。
乾いた音をたて弾ける頭蓋。
身体を二つに折られ、くの字に折れ曲がりながら絶命する敵。
乱暴に骸を踏みつけながら前へ進み続ける。
目の前を行く夕鈴。
隣で戦う十郎太。

残された蛇衆は三人。

殺した敵の数は百は下らない。

眼前の敵が突進してくる。

左右からも敵がせまってくる。

足下の骸に目をやる。

冷たく動かない骸の手に槍がにぎられている。

砕軀を小さく振りかぶると、骸の手ににぎられた槍の石突きを叩いた。

槍が飛び出す。

まるで巨人の手より放たれた巨大な矢のように槍が敵兵を貫く。

衝撃で敵の身体が後方へ跳ねた。

行く末を見る間もなく、鬼戒坊の砕軀が次の敵めがけてふられた。

肋骨《ろっこつ》が粉砕する音とともに男の身体が宙に浮く。

投げ飛ばされた骸は、大きな質量の塊となって左方の敵へ激突し、敵の首が奇妙な角度に折れ曲がった。

「命がいらぬ奴は鬼の贄《にえ》となれ」

妖しく光る眼光。

微笑む口角より牙のごとき犬歯がのぞく。

血塗られた僧形の鬼が、悪鬼羅刹《らせつ》となって戦場に屹立《きつりつ》している。

鬼神。

戒めを解かれ野に放たれた鬼が死の道を切り開く。

わずか三人の荒喰《あらばみ》に、周囲の兵達が圧倒されはじめていた。

立ち向かい容赦なく殺されていった同胞達の姿が、己に重なる。

敵の恐怖を鬼戒坊は感じ取っていた。

いける。

嘉近に近付いている実感。

身体に力がみなぎる。

跳ね飛ばされる兵の姿が一層無惨な様相を呈する。

身体を両断され別々の方向へ飛んでいく者。

首から上が消し飛び、その場に倒れ絶命する者。

身体の真ん中に大きな穴をあけ、臓物がこぼれ落ちるのを必死にすくい上げようとしながら事切れる者。

砕軀が生み出す酸鼻にたえない地獄絵図が、ますます敵の心を折っていく。

嘉近の旗は目前だ。

嘉近の姿が見えた。

「嘉近っ」

夕鈴が叫んだ。

狼狽《ろうばい》したのか、嘉近の姿が兵のなかに消えた。

「逃げやがったか？」

十郎太がさげすむように言った。

「ここまで来たら一気に行くだけだ」

間近にせまった獲物をめざし一気に攻め寄せる。

前方の敵が左右に開けた。

「まずい」

緊張する十郎太の声。

静かに、そしてすみやかに左右に開いた敵兵の後ろに控えていたのは、三人にねらいを定めたおびただしい数の弓の群れだった。

「討てぇ」

待っていたように、勝ち誇った嘉近の声がひびき渡った。

誘われたのか？

陣中深く誘い込み、用意していた弓で一気に串刺しにする。

嘉近の策だったのか。

しかし、たしかに目の前に嘉近はいる。

ここまで来て倒れるわけにはいかない。

いっせいに矢が放たれた。

「十郎太。夕鈴を」

夕鈴の背中をつかみ、後方の十郎太に向かって放り投げる。

十郎太が夕鈴の身体を受け止めた。

立つべき場所は決まっていた。

夕鈴と十郎太を守る壁。

身体中を襲う鋭い痛み。

「おっさんっ」

「鬼戒坊」

二人の悲痛な声が聞こえる。

どうやら最初の斉射は食い止めたようだ。

目の前の兵達が二度目の斉射のために矢をつがえようとしている。

時を逸してはならぬ。

「道を開く。一気に駆けろ」

背後の二人に言い残すと、駆けた。

全身に矢を突き立てたまま砕軀を振り上げ走る。
「討て。討てぇ」
嘉近の動揺が声となって、皮膚を通して伝わってくる。
一気に弓兵達との間合いを詰め、砕軀を振るう。
周囲の敵が吹き飛ぶ。
「夕鈴」
二人は走りはじめている。
二人を狙う弓兵達。
させるか。
砕軀が風を切る音をたてながら弓兵達を横薙ぎに薙いだ。
崩れ落ちる敵兵の叫び声。
「鬼戒坊」
夕鈴の声が肩を抜けていく。
行け。
嘉近をめざす二人の背中。
それを阻むように弓が向けられる。
まだだ。

飛ぶ。

二人の真後ろに着地し、手を大きく開いた。

背中に無数の矢が突き立った。

「夕鈴を頼んだぞ……」

駆け抜ける十郎太の背中がうなずいている。

その先に、恐れおののく堂守嘉近の姿を見た。

「ざまぁみやがれ」

笑みを浮かべた巨躯《きょく》が崩れ落ちることはなかった。

「たった二人でなにができる」

周囲を兵に守られながら嘉近が叫ぶ。

そんな言葉など夕鈴の耳に、もはや入りはしない。

「嘉近ぁ」

怨嗟の炎に燃える眼光が嘉近を捕らえたまま離さない。

「行け」

十郎太の声が聞こえる。

解っている。

仲間が繋いでくれた道。

最後まで駆け抜けるだけ。

夕鈴は奔《はし》る。

阻む敵は斬るだけ。

嘉近を守る旗本達はいずれも精悍《せいかん》な面構えでこちらをにらみ付けている。

数人でここまでたどり着いた獣を目の当りにしても一向に動じることなく、嘉近の命を守るという任務を冷淡に遂行しようとする。

いままでの敵とは一味違う。

気合いを入れ直す。

最小限の人数だけを相手にし、嘉近にたどり着く。

二十人あまりの旗本すべてと戦えば、嘉近へたどり着く前に仕留められかねない。

十郎太が叫びながら旗本へ突っ込んで行く。

旗本達が立ちはだかった。

十郎太が引き付けたのは十人ほど。残りの男達は夕鈴へ向かって来た。二人に半数ずつの人数でかかる。確実に仕留めるつもりなのだ。

周囲を旗本達が取り囲む。しかし行く手を阻むのは三人。

目の前の三人めがけて突進する。

右端の男が槍を突き出す。

駆ける軌道を変えて避けた。

残りの二人の槍が夕鈴の身体を交差するようにせまる。

足を思いきり広げた。

身体が地面すれすれに沈み込み、二人の槍をかわす。

駆けていた勢いのまま夕鈴の身体が地面をすべる。

槍を引き戻そうとする二人の足首めがけて血河を振るった。

背後から槍が伸びる。

右肩に激痛が走った。

槍に一層力がこもり、夕鈴の身体を逃すまいとする。

このまま動きを止めてしまえば一気に仕留められてしまう。

背後から押される形になっていることを幸いに、肩に刺さった槍にかまわず、そのまま駆けた。

肩の痛みが身体を走り、首をめぐって頭を鈍らせる。

立ち止まる余裕などない。

嘉近の姿が見えた。

あせりに顔をゆがめながら床几《しょうぎ》に座ったままこちらを見ている。

わずか数人に敗走させられたとあっては、ここで生き延びても、武士としての面目は保てない。

なんとしても夕鈴達を仕留める。

嘉近にも武士の意地があった。

「嘉近ぁ」

叫ぶ夕鈴に背後から旗本達の槍が襲いかかる。

「危ない」

十郎太が背後に立った。

十郎太と旗本の戦う声が肩越しに聞こえる。

あと少し。

嘉近の姿がどんどん近付く。

太刀の間合いに嘉近が入る。

貰った。

嘉近が腰に差した刀を引き抜く。

かまわず血河を振るった。

嘉近の身体を、頭から真っ二つに両断する、大上段からの渾身の一撃。

鋼と鋼がぶつかり合う音が周囲にひびいた。

嘉近の受け太刀が血河をとらえた。
利那。
血河が刀と触れ合った場所から先を天に飛ばした。
回転しながら刃が宙を舞う。
手に残ったのは、もはや鉄の塊と化した無骨な残骸だけ。
「勝った」
嘉近の刀が首筋に振り下ろされた。
嘉近を抱くような格好でそのまま倒れ込む。
床几が倒れ、二人が地面に転がった。
見上げる嘉近の頰に血が落ちる。
小さな血痕だった血は、少しずつ量を増し、嘉近の顔を紅に染めていく。
真紅に染まった顔が勝ち誇ったように笑っている。
首に激痛が走った。
刀が首筋にめり込んでいる。
「たわけが。わざわざ命を捨てに来おって」
命を捨てる？
「死ぬ時はあんたも一緒さ」

かすれる声を絞り出すと、折れた血河を左手に握りしめた。
馬乗りになったまま上体を起こす。
「こんなところで死ねるかぁ」
刀に力を込めて嘉近は叫んだ。
傷を深めながら、刀が首をすべる。
意識が遠退きそうになる。
もう少し。
もう少しだけ私に力を頂戴。
朽縄……
「うわぁぁぁぁぁぁあ」
悲痛な叫びが戦場にこだました。
右手で嘉近の顔をつかむ。
「ぐぅぅ、は、離せぇ」
歯を食いしばる嘉近の口元だけが、手からはみ出している。
鎧《よろい》がずれ、露になった嘉近の咽《のど》に折れた血河を振り下ろす。
無骨な血河の断面が、咽へめり込んだ。
生温かい液体が夕鈴の身体を濡らしている。

わずかに震える舌で液体を舐める。

甘い血の味が口中にひろがった。

雷に打たれたように痙攣する嘉近の身体を太股《ふともも》に感じる。

「朽縄……」

覆い被さるように、夕鈴の身体がゆっくりと沈んだ。

終章

敵の叫び声が聞こえる。

やったか夕鈴。

傷ついた身体で戦い続ける。

旗本達の骸が周囲に転がる。

目の前にはいまだ戦意を失わぬ敵の群れ。

少しだけ後ろを振り返った。

嘉近と夕鈴の身体が折り重なるように地面にふせている。

血に染まった夕鈴の身体。

確かめるまでもない。

夕鈴は死んだ。

いや。

無明次も宗衛門も鬼戒坊も死んだ。

そして朽縄も。

皆死んでしまった。

たった一人残された十郎太に、いまさら戦う理由などなかった。

「終わった」

俺も仲間の許へ行こう。

この地で起こったことが頭をめぐる。

すべてはこの呪われた地のせいなのか？

朽縄の身体にまとわりついた因縁と宿業が、蛇衆を呑み込んでしまった。

仲間は死に、そしていま十郎太も死のうとしている。

それでも心は穏やかだった。

銭で雇われ人を殺す蛇衆が、最後に己のために戦った。誰のためでもない。ただ蛇衆のための戦だ。

もう悔いはない。

敵の槍がせまる。

目をつむる。

風の音が耳をかすめた。

目を開く。
敵が倒れている。
なにが起こった？
思っているとまた一人。
倒れた敵の額には一本の矢。
「十郎太っ」
背後から聞き慣れた調子の良い声が聞こえる。
馬鹿野郎。
命を捨てる気はねぇって言ってたじゃねぇか。
振り向く十郎太の目に、馬上から矢を放つ孫兵衛の姿が飛び込んだ。
孫兵衛の手が伸びてくる。
忘我のなか手をつかんだ。
身体が宙に浮く。
孫兵衛に引き上げられ、馬の背に身体をあずける。
「お前、一瞬あきらめただろ？」
手綱に手をかけずに矢を放つ明るい声が、眠りかけた意識を呼び戻す。
「うるせぇ。誰があきらめるかよ」

旋龍をにぎる手に力がよみがえる。

「なんで戻ってきた」

「俺が教えて欲しいぜ。俺はなんで戻ってきたんだ？」

「知るか」

行く手をさえぎる敵へ的確に矢を命中させながら孫兵衛は血路を開く。

「いつまで休んでやがる。お前《め》ぇも手伝え」

「解ってらぁ」

馬上でたがいの身体を入れ替える。

左手で手綱をつかんだ。

「嘉近は？」

「殺《や》った」

「皆は？」

「死んだ。俺以外はな」

畜生っ。叫ぶ手から矢が放たれる。

同時に四本。

右手の指の股に一本ずつ矢を挟むと、雷鎚《いかづち》につがえ一気に放つ。

それを繰り返す。

追いすがる敵兵がつぎつぎと倒れる。

前方の敵を旋龍が貫いていく。

「大将の首は取ったんだ。早《はえ》ぇとこずらかるぜ」

景気の良い声で孫兵衛が叫ぶ。

「だな」

いついかなる時でも肩の力の抜けた孫兵衛の声に、励まされるように笑った。

「どけどけぇ。邪魔する奴は殺しちまうぞ」

旋龍が勢いを増す。

疾走する馬に取りすがる足軽達を薙ぎ倒していく。

「このまま一気に走り抜けるぜ」

返事が返ってこない。

「どうした？」

「なんでもねぇよ」

苦しさを押し殺したような孫兵衛の言葉。

「どうした孫兵衛」

孫兵衛が大きく息を吸い込んだ。

「なんでもねぇって言ってんじゃねぇか」

声を張り上げる孫兵衛の手から矢が放たれる。

孫兵衛の様子が気になりながらも、目前の敵に集中する。

背中に感じていた体温が消えた。

足下をなにかが転がる音。

「孫兵衛」

振り返り、落馬した孫兵衛に叫んだ。

胸に矢が突き立っている。

「かまうな十郎太っ」

ひざまずきながら十郎太を見つめ叫んだ。口からは鮮血が噴き出している。

「くそぉ。ここまで来て」

追ってくる敵の数が徐々に減っている。

「見捨てられるかよ」

馬首を返す。

「たわけっ。お前だけでも逃げやがれ」

孫兵衛へ敵兵が襲いかかり、またたく間に消えた。

「行けぇ十郎太っ。俺達の……俺達の分まで激しく生きろ」

孫兵衛の最期の叫びが胸に突き刺さる。

「畜生ぉぉぉっ」

もう一度馬首を返すと馬腹を蹴った。

「それでいい」

消え行く馬を見つめる孫兵衛の声は、十郎太には届かなかった。

敵の喊声《かんせい》がもう間近にせまってきている。

夜の闇を切り裂いて襲いくる松明《たいまつ》の群れを、巘崳は一人眼下に見下ろしていた。

手ににぎられた一枚の紙を灯火に照らす。

堂守嘉近からの書状であった。

降伏をせまる書状とともに嘉近の書が届けられた。

書には、嘉近の語る真実がしたためられていた。

嘉近が巘崳の子であった。

父への復讐のためにいままでの人生を費やしてきたという嘉近の怨嗟に満ちた言葉の数々が、巘崳を責めたてる。

もう一度読み返した書状を、ゆっくりと灯火に向ける。

白い書状の端に灯った明かりが徐々に嘉近の言葉を燃やしていく。

火が手元までせまる。

まるで復讐の炎がせまってくるかのようだ。

ゆっくりと手を開き炎を手に引き入れる。

掌が熱い。

「愚か者が」

宿業に支配された愚かな我が子を思う。

三十二年前の決断がいま、己の身を焼こうとしていた。

『その赤子は御主を呑み喰らう蛇となる』

炎のなかで叫ぶ男の姿が脳裏によみがえる。

すべては三十二年前から定められていたというのか？

「己の業の深さを知れ」

背後から女の声が聞こえた。

「御主」

振り向いた視線のさきに、病にやつれた法真尼の姿があった。

目にうつろで、にだけた衣から老いた胸がのぞいている。もはや現世の住人とは呼べぬありさまであった。

「そなたがまねいた結果じゃ」

法真尼が皺ばんだ指を指さす。

誰だ？
目の前に立つのはたしかに我が妻のはず。
しかし声は、いままで聞いたことのない響きを持っていた。
まるで別人のような法真尼の姿に目をみはる。
「天駆ける鷲よ。黒き大蛇の毒に朽ちるがよい」
「正気を失《うしの》うたか？」
冷淡に言いはなつ。
いまさらなにを言われようと、なにが起ころうと揺るぎはしない。
邪気をはらんだ笑みを法真尼は浮かべる。
「正気？　正気を失っておるのは御主の方じゃ」
あきらかに妻の声ではない妖しき笑い声が、室内にひびく。
「我が子を手にかけ、いったい御主はなにを得た？　未来の禍根を絶ったはずの御主が
なにを手にした？」
黙ったまま聞く巘嶄に、女の言葉が加速する。
「我が子を手にかけるなぞ正気の沙汰ではない。御主はあの時、人の心を失った。狂気
に取り憑かれ、修羅の地獄をさまようておったのじゃ。それが証拠に後に生まれし子ら
さえも愛することができず、結局殺してしまった。御主はすべての子を殺した」

狂気だと？

「笑わせるな。我が子を殺すことが正気の沙汰ではないだと？　ならば城下の者どもを見よ。明日の糧《かて》に窮し我が子を殺す。飢えた者達にとって子を殺すことなど、珍しきことではない。それが狂気ならば、この世がすでに狂っておるのではないのか？　親が子を殺し、子が親を裏切る。この世のどこに正気がある？　儂《わし》は間違ったことをした覚えはない」

「さすがは鷲尾に巌嶄ありと言われた男じゃな」

満足そうに女がうなずく。

「たしかに御主の言うことも真理やも知れぬわ。ならば」

女の瞳が妖しく光る。

「狂気の生んだ地獄の業火に焼かれて死ぬが良い、鷲尾巌嶄」

「御主はいったい」

「解らぬのか？」

ひゃひゃひゃひゃひゃ。

女の笑い声が灯火を揺らす。

「蛟じゃよ」

「みずち？」

「御主が三十二年前に焼き殺した巫女《みこ》よ」

馬鹿な。

「世迷言《よまいごと》を」

刀を手に女へ駆けた。

「黒蛇の呪い思い知ったか」

女の肉を裂く手応えを感じる。

血に濡れた女の瞳が、光を失う最期の瞬間まで巘嶄をにらんでいた。

「ご報告申し上げまする」

部屋の外から聞こえた声で我に返った。

夢を見ていたのか？

たしかに足下には血に染まった法真尼の姿がある。

いったいなんだったのか？

足下の女はみずからを蛟と名乗った。

三十二年前に殺したはずの巫女の名だ。

法真尼に憑依《ひょうい》した蛟の霊だったのか？

「馬鹿な」

死期をさとった妻が最期の力を振り絞り、冷酷な夫を糾弾しただけ。

「見事な道化ぶりだったな」

　足下に転がる妻の骸に別れの言葉を投げた。

「殿」

　室外よりさきほどの兵が語りかける。

「どうした」

「敵兵が最後の城門を突破いたしました。ここも時間の問題かと」

　来たか。

　槍を手に取る。

　蛇がこの身を喰らうのならば、力でそれを制するまで。

　いままでそうやって生きてきたのだ。

　そしてこれからも。

「蛇よ。儂は手強いぞ」

　巉嶄の瞳が炎の明かりに光った。

　山を照らしていた炎が城までせまっていた。

　炎を上げて燃える鷲尾山を、我妻秀冬は見上げていた。

　長年の因縁を我が手で断ち切ることができる喜びに秀冬は震えている。

代々の当主が果たせなかった鷲尾城陥落の瞬間、それがいま現実となって目の前にあった。

降伏をうながしてはみたが、巌斬はそれをこばんだ。

最初から承諾されぬことは解っていた。

しかし、最後の逃げ道くらいは残しておいてやろうという情が、書状を書かせた。

「まだまだ甘いな」

秀冬の脳裏に、降伏の書状とともに届けられた一枚の書状が思い出された。

ともに鷲尾城へ届けてくだされ。

嘉近の言葉がよぎる。

いったいなんだったのか？

四日前の早暁、嘉近の陣を敵が襲った。

巌斬が打って出たのかと思ったが、事実はまったく違っていた。

わずか数名の荒喰《あらばみ》達が、嘉近の陣へ奇襲を掛けたというのだ。

蛮行だ。そう思った。

しかし、意外な結果がもたらされた。

荒喰に嘉近が討たれた。

予測を越えた事実であった。

信じられぬ。
四百は居ようかという軍勢を、たった数名の荒喰がしりぞけ、嘉近を討ったのだ。
そして荒喰達も、嘉近の命と引き換えに死んだ。
いったいなにがしたかったのだ?
みずからの命を捨ててまで嘉近を討った荒喰達の行為がまったく理解できなかった。
嘉近を失ったところで大勢は変わらぬ。
己に言い聞かせ、騒ぐ心をなんとか落ち着けた。
しかし、いまでも小骨のように刺さっている。
言いようのない恐怖が心を締めつける。
どれだけ力を得ようとも、どれだけ権勢をふるおうとも、人は簡単に死ぬのだ。
周囲を取り囲む兵達を見渡す。
語り合ったことのある者など数えるほどだ。
顔すら知らぬ者もいる。
声なき者、力なき者にも牙がある。
立場も権力も関係ない。
人は結局一人なのだ。
ふいに怖くなった。

足下の大地が急に消え失せてしまう錯覚を覚えた。

「御覧下され、殿」

かたわらに侍《はべ》る家臣の声に、鷲尾山を見上げる。

いつのまにか城が燃えていた。

「鷲尾巉嶄討ち死に」

巉嶄が死んだ。

業火に包まれる鷲尾城を見上げる秀冬の心に、物悲しい風が吹いた。


山が燃えている。

満天の星が夜空を被いつくし、静かな闇を震わせるように虫の声が聞こえている。

夜になって一層冷え込んだ山の空気は、いまだ傷の癒えぬ十郎太の身体にはきびしいものだった。

堂守嘉近の陣へ奇襲を掛けてから四度目の夜がおとずれていた。

十郎太は我妻領の北にそびえる山麓の中腹に立っている。

壮絶な死闘を戦い、この山へ逃げ込み、そのまま意識を失った。

草木を流れる露をなめて咽《のど》を潤し、わずかな生を繋ぎ、ふたたび己の足で立ち上がることができたのは、意識を取り戻してから三日後のことだった。

このまま死んでしまうのか?
自由のきかない身体で空をながめながら幾度も思った。
山の獣の供物となって死んでいく。
それでも良いのかも知れない。
思いながらも、脳裏に孫兵衛の最期の言葉がよぎった。
『俺達の分まで激しく生きろ』
仲間達の想いを代弁するような孫兵衛の言葉だった。
生きよう。
己の足で大地を踏みしめた時、心に誓った。
はるか彼方《かなた》で鷲尾城が燃えていた。
空を焦がす朱色の炎が、鷲尾家が潰《つい》える狼煙《のろし》に思えた。
多くの人が死んだ。
争いのなかで無数の魂が命の火を消していった。
こんな時代に生まれたのだから仕様がない。
あきらめてしまえば簡単なことなのかも知れない。
しかしそんなことはどうしてもできなかった。
仲間達の死がそれをゆるさなかった。

まばゆい星空が語りかける。

生きろと。

宿命に彩られた鷲尾城が燃える。

人々のさまざまな思いを呑み喰らい続けた城が炎を上げている。

鷲尾家を破滅に追い込んだ堂守嘉近の妄執も、怨嗟の炎に巻き込まれ命を燃やした多くの魂も、すべてを灰にするように、城は紅い火柱となって空を焼いていた。

滅びはあらたな戦の幕開けにすぎない。

鷲尾家が滅んでも我妻がいる。

死の螺旋が黒き蛇となってどこまでも戦を生み続ける。

宿業を振り切るように鷲尾山に背を向けた。

旋龍が天を突き刺すようにきらめく。

歩き出した。

どこへ行こう？

どこへ行こうとも人と人の争いはなくなりはしない。

「飯の種には困らねぇ」

自嘲気味に微笑む十郎太の歩みがしっかりと大地を踏みしめる。

仲間を失った。

引き換えになにかを得た。
それがなんなのかいまは解らない。
ただ自分が少しだけ変わったような気がするのだ。
いまは得たものよりも失ったものの大きさが心を締めつける。
いまだ癒えきらぬ身体が痛む。
十郎太は歩を進める。
仲間が命を懸けて教えてくれた。
道を開くために戦い続けるということ。
「しっかりやれよ」
朽縄の声が聞こえた。
振り返った。
炎に照らされた鷲尾城下が見える。
「これからは俺が蛇衆だ」
誰に告げるともなくつぶやく。
目の前に、仲間達の姿があった。
朽縄が微笑む。

夕鈴がそんな朽縄を見つめて幸せそうだ。
鬼戒坊は心配そうに見送っている。
十郎太を指さし、孫兵衛が笑っている。
無明次が少し照れながらうなずく。
宗衛門の優しい眼ざしが、頼もしそうに十郎太を見つめている。
「じゃあな」
振り返り、歩き出した十郎太の頬をつたう涙が、星に照らされ仄《ほの》かに光った。

参考文献

『日本の歴史　第13巻　一揆と戦国大名』久留島典子著（講談社）
『九州戦国合戦記　増補改訂版』吉永正春著（海鳥社）
『決定版　図説・日本武器集成（歴史群像シリーズ）』（学習研究社）

解説

池上冬樹

いやはや格好いい。クールだ。それなのに何と熱くエモーショナルな小説だろうか。明らかに映像・漫画世代の時代小説である。アクションにつぐアクション。活劇があらゆる局面で続く。まことにスピーディで迫力満点の颯爽《さっそう》とした時代劇である。

時代は室町《むろまち》時代の末期、舞台は九州の久留米《くるめ》近辺。筑後《ちくご》と肥後《ひご》の境にある肥岳《ひがく》地方の中央に鷲尾《わしお》山という名の山があり、そこを支配する鷲尾家は肥岳一の領主の地位を築いていたが、幕府の勢力争いは山間《やまあい》の地にも及び、鷲尾を制する者こそ肥岳を制するといわれ、いつしか戦乱の中心になっていた。

その鷲尾家の当主鷲尾重意《しげおき》は、巫女《みこ》が住まう社《やしろ》に火を放つ。占いなどたわけたことと思っていたが、巫女の予言に重意は驚く。生まれたばかりの嫡男は蛇だ、いずれ「御主を呑《の》み喰らう蛇となる」というのだ。重意は青ざめ家臣に命じる。「我が子を殺せ」と。

それから三十年後、重意は巇嶄《ぎざん》と名をかえ、二人の息子、弾正《だんじょう》と隆意《たかおき》が戦の最前線に立っていた。殊勲をあげたほうに家督を譲るのではないかと家臣たちは考えていたが、そんな彼らの前に、「蛇衆《じゃしゅう》」とよばれる最強の傭兵《ようへい》集団が大きく立ちふさがる。

物語は、この蛇衆の面々を中心に進む。体術の天才朽縄《くちなわ》をリーダーに、槍《やり》の十郎太《じゅうろうた》、金棒の鬼戒坊《きかいぼう》、弓の孫兵衛《まごべえ》、小刃投げの無明次《むみょうじ》、紅一点の大太刀遣《おおたちづか》いの夕鈴《ゆうすず》が戦場に赴き、戦況を一気に有利に推し進める。傭兵集団にはもうひとり渉外担当の宗衛門《そうえもん》という男が、商人として傭兵契約をとってきて、昨日の敵とも容易に契約を結び、味方となる。事実、蛇衆は最初、鷲尾と敵対する軍についたのにそのうち鷲尾側につき、跡目《あとめ》争いの渦にまきこまれ、やがて蛇衆のリーダーの朽縄が亡くなったはずの嫡男ではないかという噂《うわさ》が流れ、予想もしない展開になっていく。

この意外な展開も読ませるが、まず圧倒的なのは、傭兵たちの鮮やかな活躍ぶりだろう。若者の十郎太は棒の両端に刃をつけた奇怪な槍「旋龍《せんりゅう》」を使いこなし、巨体の鬼戒坊は、常人には持ち上げることも不可能な太い金棒「砕軀《さいく》」を丸太のような腕で振り回す。孫兵衛は威力のすさまじい弓矢「雷鎚《いかづち》」をあやつり、無明次は礫《つぶて》のように小さな棒状の刃物「雫《しずく》」を無数に投げつける。紅一点の夕鈴は、己の背丈もあろうかという長大な太刀「血河《けつが》」を流麗に振り回し、朽縄は武器を使わず黒蛇を思わせる素早い動きで敵に近づき拳で相手を倒きのめす。この六人の躍動感あふれる戦いかたがめざましく、わくわくする。それぞれの過去が少しずつみえてくる過程も興味深い。

ところで、その六人の戦士と武器の関係について熱く語っているのが、作家の宮部《みやべ》みゆきである。本書『蛇衆』は、第二十一回小説すばる新人賞受賞作品で（応募時のタイトルは『蛇衆綺談《きだん》』。同時受賞は千早茜《ちはやあかね》の『魚神《いおがみ》』）、いちばんに推したのは選考委員の宮部みゆきで、実は矢野の『臥龍《がりよう》の鈴音《りんね》』が第二十回の小説すばる新人賞の最終候補に残ったときも宮部が絶賛したものの受賞するには至らなかった。だから「ぜひともぜひとも受賞させたかった」（単行本『蛇衆』の帯より）となるのだが、その思いが具体的に語られているのが、二人の対談である。これがなかなかマニアックで面白い。
というのも、その対談でいきなり宮部は「矢野さんは、テレビゲーム、お好きですか」と単刀直入に質問するからだ。いうまでもないことだが、宮部みゆきは文壇一、二を争うゲームファンである。その質問に矢野は「はい。先生ならお気づきいただけるかと思いますが、傭兵で、しかも「蛇」ですから」と答える。すると宮部は「かの有名なスネーク、「メタルギア・ソリッド」ね（笑）」と返し、矢野は「ええ。ゲームは全般に好きで、アクション系もやります」というマニアックな会話になる（引用は、集英社WEB文芸「レンザブロー」／『蛇衆』矢野隆　担当編集のテマエミソ新刊案内／「対談　宮部みゆき×矢野隆　おもしろくて、恰好いい活劇を！」より。以下同じ）。

　そしてゲーム好きの宮部は「幻想水滸伝《すいこでん》」のシリーズを引き合いにして、六人の戦士と武器の関係について熱心に語り、詳しくゲーム的な分析をしていく。

……私は『蛇衆』を読んだときに、この人は「幻水」シリーズのファンに違いないと思ったんです。蛇衆のメンバーの組み方が、あのゲームのユニットそのものじゃないですか。（略）しかも、それぞれの得意の武器の振り分けが、近接戦闘と遠距離戦闘とでうまくバランスが取れている。近接戦闘が、拳士の朽縄と槍の十郎太、剣の夕鈴、金棒の鬼戒坊、ミドル系戦闘が、小刃投げの無明次、そして、遠距離が弓の孫兵衛。「幻想水滸伝」も六人でパーティーを組んで、近接系（S）、ミドル系（M）、遠距離系（L）の三つに組が分かれている。私、いつも選考会にはレジュメをつくって持っていくんですけど、そこに「この人、絶対幻想水滸伝のファンだ」と書いていたんです。

矢野は「幻想水滸伝」のゲームはしないといいながらも、「でも、そういう組み方はRPGの基本ですから。ゲームの影響を受けていることは間違いありません」と答えている。そしてもともと小学生から漫画家志望で、二十一、二歳のころまで漫画を描いていたが、「漫画の応募規定というのは、頁数が大体二十枚前後なんですけれど、いざストーリーにしていくとどんどん膨らんじゃうので、規定枚数では入らない。その点文字であれば、何百枚か書けるわけですよね。これはもう小説だなというところから、小説に入っていったんです」と作家の方に方向転換した話を述べている。

宮部は、活劇を正面切って活字で書こうということ自体がまず非常に思い切ったことです、「何よりもまず、活字でアクションを書くことの喜びがあるんですね。（略）読む者をわくわくさせるような戦闘シーンが書けるというのはすごい力だと思います」と称賛する。それに関して矢野は「ともかく、おもしろくて恰好いいところを、たとえ剣が折れてもどんどん繰り出していこう。それしか考えなかったですね」と答えている。

対談を読むと、ゲームと漫画と映画の影響をいかにうけているのかがよくわかる。ゲーム好きにはたまらない小説であることもわかるのだが、しかし意外だったのは、僕が作品を読んで感じた作家の名前が出てこなかったことである。僕だけの感覚なのかと思って新人賞の選評を読むと、僕と同じ感想を抱いた選考委員がいた。井上《いのうえ》ひさしである。

「評者が強く推したのは、『蛇衆綺談』（矢野隆）である。改行の多い文体に辟易《へきえき》させられたが、じつはこの文体は戦闘の動きを写し取るために用意されたものだった。そのためにすばらしい速度感も生まれた。近ごろの小説に流行の自閉的な傾向にも陥らずに、作品世界が完全に読者に向かって開かれているところにも感心したし、ギリシャ悲劇やシェイクスピア悲劇を溶かし込んだような筋立てもどっしりとしていて、これは作者の美点である」（「小説すばる」二〇〇八年十二月号「第二十一回小説すばる新人賞選評」より）

そうなのである。ギリシャ悲劇やシェイクスピア悲劇なのである。特にシェイクスピア。冒頭にも書いたが、颯爽とした時代劇である。作者はそれを狙い、展開のスピードをあげるために、終盤などは一文改行にしている。僕も井上と同じように改行過多の文体には辟易するほうなのだが、不思議と本書には違和感がなかった。それはたぶんに、言葉が詩のような響きになっているからだろう。とりわけ終盤では蛇衆の面々が危機的状況にとびこみ、力強い言葉が、感情をきりだし、叩《たた》きつけるようになる。ときに台詞《せりふ》は格調高い響きをもち、まるで古典演劇のような印象すら与えるのだ。

そう、僕が読みながら思いだしたのは、格調高い古典演劇のシェイクスピア。テーマとしての子殺し、兄弟殺し、親殺し。さらに因果の歯車がまわり、運命に弄ばれ、疑心暗鬼の闇のなかで自分を裏切るものは誰なのかという長い独白、その不安と恐怖の象徴としての蛇というメタファーの使用、さらには波立つ内面を反映するかのような山の動きのくだりなど（第二十二章の「山が哭《な》いている」で始まる場面を見よ）、これはまさにシェイクスピア的であり、シェイクスピアの作劇と同じではないかと思った。いろいろなものが呼応している。作者がはたしてどこまでシェイクスピアを読み込んでいるのかわからないが、ここには間違いなくシェイクスピアの細部が谺《こだま》している。もちろんそればかりではなく、意外な真相を隠したプロットもあって、ミステリ的な満足も与えてくれるからなおさら嬉《うれ》しくなる。

作者矢野隆は本書のあと『無頼無頼ッ！』《ぶらぶら》（集英社）と『兇』《きよう》（徳間書店）の二冊を刊行している。前者では若武者と商人が不可思議な冒険を繰り広げ、後者では幕末を舞台にして人斬り以蔵《いぞう》と戦う浪人の苦悩を描いている。後者はやや重いけれど、どちらかというと漫画ファンを取り込むようなポップな時代小説の路線を歩んでいるといえる。

おそらくそのほうが書きやすいし、多くの読者層が見込めるからかもしれないが、個人的には本書がもつ大いなる悲劇性を高める方向をめざしてほしい。黒澤明が『マクベス』の骨格を戦国時代の日本に移した『蜘蛛巣城』《くものすじよう》や『リア王』を原点にした『乱』などを撮ったように、矢野隆も悪の権化を描いた『リチャード三世』や残酷きわまりない『タイタス・アンドロニカス』などの骨格を日本の時代劇の設定に置きかえるだけでも充分に面白い作品になるのではないか。軽くてポップな時代小説を書く若手作家は多いけれど、井上のいう〝ギリシャ悲劇やシェイクスピア悲劇を溶かし込んだような〟どっしりとした筋立てをもつ若手作家はほとんどいないからである。

作家は処女作に向かって成熟するという逆説的な言い方があるけれど、『蛇衆』がもつ格調高き古典劇の資質をもっともっと磨いてもいいのではないか。いや磨いていってくれるものと期待するし、そのときこそ大きな作家に成長する気がしてならないのだが、どうか。

（いけがみ・ふゆき　文芸評論家）

初　出　「小説すばる」二〇〇八年十二月号（抄録）
単行本　二〇〇九年一月、集英社
第二十一回小説すばる新人賞受賞作

集英社文庫

蛇《じゃ》　衆《しゅう》

2011年12月20日　第１刷　　定価はカバーに表示してあります。

著　者　矢野《やの》　隆《たかし》

発行者　加藤　潤

発行所　株式会社　集英社
東京都千代田区一ツ橋2-5-10　〒101-8050
電話　03-3230-6095（編集）
03-3230-6393（販売）
03-3230-6080（読者係）

印　刷　凸版印刷株式会社

製　本　凸版印刷株式会社

フォーマットデザイン　アリヤマデザインストア　　マークデザイン　居山浩二

ISBN978-4-08-746777-2 C0193